三坊七巷

林那北 著

海峡出版发行集团 | 海峡书局
THE STRAITS PUBLISHING & DISTRIBUTING GROUP

图书在版编目(CIP)数据

三坊七巷 / 林那北著. —福州：海峡书局，2019.6
ISBN 978-7-5567-0630-3

Ⅰ.①三… Ⅱ.①林… Ⅲ.①散文集—中国—当代 Ⅳ.①I267

中国版本图书馆 CIP 数据核字(2019)第 116961 号

封面漆画　　林那北
责任编辑　　刘晓闽
封面设计　　夏无双
版式设计　　陈小玲

SĀN FÁNG QĪ XIÀNG

三 坊 七 巷

著　　者	林那北	
出版发行	海峡书局	
地　　址	福州市鼓楼区五一北路 110 号 11 层	邮编　350001
印　　刷	福州德安彩色印刷有限公司	
厂　　址	福州市金山浦上工业区 B 区 42 幢	邮编　350002
版　　次	2019 年 6 月第 1 版	
印　　次	2019 年 6 月第 1 次印刷	
开　　本	787mm×1092mm　　1/16	
印　　张	14.25	
字　　数	196 千字	
书　　号	ISBN 978-7-5567-0630-3	
定　　价	78.00 元	

关于三坊七巷

孙绍振

　　这个明清风格的建筑群，没有北京宫殿那气魄宏大的飞檐斗拱，也没有江浙民居的黑瓦粉墙单纯的对比，它的围墙似乎太高，就是有一枝红杏也很难出墙令人惊艳。在外乡人看来，它多少有一点封闭，但是，它曾经是晚清思想解放的烽火台。且不说睁眼看世界的第一人林则徐的母亲就在这里出生，林家祠堂如今成了纪念馆，赭红墙体随着岁月越发表现出某种精神显赫。而三坊七巷的墙体大多是黑色的，风格含蓄，庄重中有一点神秘感。

　　天井并不太大，仰首观天，仅见一方，回廊曲折，稍稍有点狭窄，不时擦到肩膀，园林也小巧，甚至逼仄。不能不令人惊异的是，就是在这样并不敞亮的建筑构架中，却容纳了那么宏大的历史风云和思想惊雷。一进又一进，庭院深深，历史的篇章是肃穆、沉重的，英雄的血迹是鲜艳的，他们成群列队从这里走向中国近现代史舞台，前赴后继。同样是二十三岁的青年，风华正茂。先是林旭出发，为变法维新，喋血菜市口，把头颅献上了改革的祭坛；后继者是林觉民，慷慨赴义，义薄云天。林觉民和严复一样从这里走向马尾，不过严复是走进中国海军的摇篮——马尾船政学堂，而林觉民却是把秘制的火药，装在棺材中转运到广州。当然，思想的火种早在严复《天演论》"物竞天择，适者生存"中播下。英雄并非超人，无情未必真豪杰，林觉民赴义之前留下了缠绵悱恻的《与妻书》："吾至爱汝……吾九泉下，闻汝哭声，当相和也。"至今仍在两岸四地，乃至华文世界的语文课本中撼动着青少年的心灵。

英雄气概与儿女情长在这里水乳交融。

林长民第一个把巴黎和会上中国被列强出卖的外交惨败公诸报刊，成为五四运动的导火线。对于这样的历史功勋，国人知之甚少。倒是他后来因之被遣去国，带上自己十六岁的女儿林徽因，使之邂逅徐志摩，酿成了惊天动地却又扑朔迷离的情爱故事，八九十年过去了，仍家喻户晓。如果不是这个才女，父亲林长民作为一介外交官员，可能永远为国人忘却。

历史不堪细读。对历史重要的，常常湮没无闻，对历史没有多大意义的，却愈是久远，想象的染色体也越是活跃。林觉民命丧广州之后，其妻陈意映带一家数口仓皇避走，居所辗转到一个谢姓家族手中，谢家的女儿冰心在五四时期的文学成就，再加上她有福有寿，活到百岁，又为杨桥路上的那幢老房子增添了一笔传奇色彩。

历史其实又是能够细读的，只有在细读中才能读出许多深邃的意味。当年林旭去京，意气风发，成为戊戌变法核心人物，途经杭州，邀约林纾同道，林纾仅仅因为初娶继室而未果，如果不是这样，北京菜市口可能多了一名烈士，而五四新文化运动时期，是不是可能少了一个保守派呢？

历史不可假定，然而可以假想。假想固然有假想的趣味，而不可假设者，有不可假设的意味。林旭是沈葆桢的孙女婿，而沈葆桢又是林则徐的外甥兼次女婿。姻亲血缘关系既和宗法社会传统，又和那国族危亡关头的历史使命感结合在一起。作者林那北，对这建构了三坊七巷的特殊文化密码保持着特殊的敏感，可能不仅仅因为籍贯。读着左宗棠三顾沈葆桢；林纾在这里与陈衍吟诗作对；陈宝琛和郑孝胥同科中举，最后分道扬镳……历史的偶然与必然的错位，每感细读不足，则掩卷沉思而已。

目 录

关于坊巷的记忆（代序）

坊与巷，这是两个古老的词，时间已经在上面镀了一层厚厚的铁锈，锈色下，它们日益逼仄、狭小、泛黄、淡远。

似乎已经缩在角落里。

似乎已经脆弱得像一片枯叶。

似乎连呜咽声都渐渐凝噎。

现代社会铺天盖地的时尚浪潮与它们无关，它们属于过去，属于旧日生活。

但如果怀想，只要怀想，我们就看到了，看到它们曾经花朵般开放在时间深处，纵与横，方与正，竟然那么井然，宛若训练有素的军队，宛若有规有矩的棋盘。

中国古代城市以方格网街道系统为主，区划整齐，排列有序。从战国到北宋初年，实行市里制度，以坊为单位，坊内不可经商，经商只能到固定的市场。北宋中期以后，采用街巷制，拆除坊墙，居民区由原坊内小街发展成横列的巷，商业沿城市大街布置。

只是福州的三坊七巷，它"坊"与"巷"的意义似乎并没有太大的区别，二者甚至是重叠交错互为关系的。

公元前202年，福州城初建时，称"冶城"，统治者是越国溃败后，避奔入闽的勾践的后裔——无诸。

过了两百多年，西晋时期的福州已经稍有些规模了。晋安郡首任太守严高嫌城太小，便在今屏山南麓一带建成一座郡城，称为"子城"。到了唐天复元年，即公元901年，威武军节度使王审知为了"守地养民"，又在子城之外，以钱纹砖砌筑起一座"罗城"，这是当时全国唯一的砖城。三坊七巷就在罗城的西南部，面积六百六十一亩。

衣锦坊、文儒坊、光禄坊；

杨桥巷、郎官巷、塔巷、黄巷、安民巷、宫巷、吉庇巷。

那一条叫南后街的路，最初的雏形是什么模样呢？比王审知修建罗城更早时的雏形？你无法告诉我，没有人能告诉我。不长的路，从北至南流泻而下，右边伸出三只手，左边摊开七只脚，像一条中轴线，将三坊与七巷优雅地携在两腋，排列整齐，纵向有序，已经一千多年过去了，竟格局依旧，成为中国现存唯一坊巷格局的老街，成为"里坊制度活化石"。

最初究竟是谁设定出如此工整的格局？然后在接下来的时间里，无数高官巨商大儒名士在此买地建房，为什么又都不约而同地将这个格局小心维持下来，谁也不越界破规？现代都市轰隆隆的行进大脚，也奇迹般从它身边一次次绕过，没有踩下。

是侥幸？还是偶然？抑或如有人所说，是因为这方老屋灰瓦土墙间弥漫着太多雄才英杰的气息，天犹不忍，暗中庇佑，至于今？

严复、沈葆桢、林旭、林觉民、林徽因、谢冰心、庐隐、郁达夫、郭化若……翻动历史，会惊奇地发现，一大串在中国近现代舞台上风起云涌的人物，他们的生活背景都或多或少映现在三坊七巷，稍一数，竟达数百人之众。

偏于东南一隅的福州，自古都很难挤进历史的聚光灯下。那么，小小的三坊七巷究竟凭借什么力量，将"人杰地灵"一词再而三地证明？

三坊七巷

悲情郎官巷

一

刘涛是谁？不知道——不知道他的官衔大小、才情高低以及禀性爱好，甚至，不知道他的家居旧址，更不知道他生于何时死于何地。一切都覆盖在谜一样的未知之中。

唯一可知的是，宋朝时他的家在这里。那时这一条巷子本来有另外一个名字，就是因为这个刘涛，因为刘涛的儿子是郎官，孙辈也接连做起郎官，郎官结队成行，满巷生辉，于是改了名，干脆叫郎官巷。

郎官到底是一个多大的官呢？

"郎"其实是帝王侍从官的通称。"郎"即古"廊"字，指宫殿的廊。郎官的职责原为护卫陪从，随时建议，备顾问及差遣。战国时就开始置设了，秦、汉相沿，东汉时，以尚书台为政务中枢，分曹任事的人通称为尚书郎，职责范围与过去的郎官不同。后世以侍郎、郎中、员外郎为各部的要职。到了清代初年，刑部设十四个司，各司长官正的称郎中，副的称员外郎，总称"郎官"。

似乎有点复杂，但简而化之来看，这个刘涛，在当年肯定是风光过的。一个子孙都在神秘遥远的皇宫中终日围着皇帝打转的人，他的家族谁敢小觑？谁不羡慕？可惜如今都风吹云散了，什么都没留下。

留下的只有一个人名和一条巷名。

在三坊七巷中，郎官巷现在最幽静古朴，日落月升中，它一如既往地温婉恬淡，少了嘈杂，也少了烟火气，青石板老路已经被磨得凹凸不平，沧桑得宛若年迈的祖母。

它的长度也最短，只剩一百余米。其他六条巷都是笔直的，只有它略微弯曲，所以，据说当年它的长度列七巷之首。

二十三个春秋的晚翠

晚翠就是林旭，林旭的号。

组合得多么美好的两个字！一路走去，一直走进肃杀荒凉暮色苍茫的晚境，生命之色仍然不减不褪，依旧有着最纯粹的"翠"——翠绿、翠亮、翠生生。

可是林旭没有晚境，他只活了二十三年。光绪二十四年，即公元 1898 年，他与谭嗣同、刘光第、杨锐、杨深秀、康广仁等六人一起，在北京宣武门外的菜市口被斩杀，史称"戊戌六君子"。

死是因为维新变法，是因为他是四位四品卿衔充军机处章京之一，是因为他深得光绪帝的赏识，是因为光绪帝关于维新变法的诏书多由他起草。

一个仅仅二十三岁的青年！

二十三年中，他有十六七年是在福州度过的。

林旭

生命刚开始的时候非常普通，虽然爷爷林福祚稍有功名，是道光己酉年举人，在安徽任过县令，但父亲林百敬却仅中秀才，收入微薄，家境贫寒，并且在林旭年幼时就已病逝。母亲抑郁成疾，很快也去

张之洞

世。孤儿的日子怎么过？只能靠两位叔叔接济一些了。七岁那年，叔叔把他送进私塾读书，学习诗词律赋。他很争气，学得很好，据说常常"出语惊其长者"，于是被视为"神童"。而且，他"喜浏览群书"，家里连维持三餐都艰难了，哪有闲钱买书？他并不沮丧，殷勤向邻里乡人借阅。张三李四王五赵六，谁有好书他都毫无羞涩地凑近去借来一阅，据说能过目成诵，让人吃惊不已，也不免生出敬意，于是都"乐与之"，只要想看，就拿去看吧。

这一段生活其实是辛酸的，辛酸得如同一场漫无边际的瓢泼大雨，而他则如一株纤细的幼竹，在雨中摇晃、蜷曲、疼痛，最终还是咬紧牙关，坚持抗争，并且奋力向天空伸展出柔韧的枝丫与绿油油的叶片。

命运的转折点在光绪十七年，即公元1891年出现。

这与一个人有关。那人叫沈瑜庆，清末名臣沈葆桢最钟爱的第四子，光绪十一年乙酉科顺天乡试第四十九名举人。光绪元年，即1875年，沈葆桢从钦差办理台湾等处海防兼理各国事务大臣位上，调任两江总督兼南洋通商大臣时，把十七岁的沈瑜庆带上了，让他了解军务吏事以及社会现状，使沈瑜庆大开了眼界。四年后，沈葆桢病死在两江总督任上，皇帝恩赏沈瑜庆为候补主事。考中举人后，经沈葆桢的老友李鸿章推荐，沈瑜庆到江南水师学堂任职。

江南水师学堂在南京，林旭在福州，两地相隔千山万水，两人本来无论如何都难以邂逅相逢的。偏偏凑巧，1891年的那个春天，沈瑜庆回家省亲扫墓。该祭拜的祭拜了，该忙碌的忙碌了，然后闲下无事时，沈瑜庆到林旭私塾老师杨用霖家串门。

他是冲着一个传言去的：私塾里有位少年，文章了得，胸襟了得，抱负了得！

最初沈瑜庆也许只是出于读书人的惜才爱才之心，但是，把林旭的文章看过之后，他有其他想法了。

沈家有女初长成，名鹊应，才貌都全。这个做父亲的心里一动，决定把女儿许配给他。

史书关于这一事件的过程没有多少记载，记载的只有结果：林旭成了沈瑜庆的长女婿。

的确太戏剧化了。在那个门第观念根深蒂固、门当户对还十分盛行的年代，出身豪门的沈瑜庆仅仅因为"异其博"，就把女儿的终生托付出去了，他做出了常人根本无法想象的选择。

林旭对这个从天而降的大事做何感想呢？犹豫还是狂喜？两个家庭差距太大了，简直天壤之别。他的家族中，仕途的高峰不过是爷爷，而在爷爷任县令时，沈葆桢正在两江总督的任上，一个小小的县令不过是沈葆桢手下微不足道的一员。七品芝麻官与位高权重的封疆大臣攀亲了。

林旭家已经消失在巷子深处了

沈瑜庆直接把林旭带往南京与女儿完婚，然后让他留下随任读书，亲自指点。此举究竟是因为实在太喜爱这个才华横溢的少年而不忍割舍？还是从当年自己跟随父亲受益匪浅中获得启示呢？——他随父亲赴南京时十七岁，林旭随他赴南京时十六岁，一样是豪情万丈却苦于见识局限的青涩年纪。

林旭贫乏局促的生活突然被一束聚光灯射中，自此大变。

不久，沈瑜庆被张之洞招为幕僚，督署总文案兼总筹防局营务处，林旭也跟随前往武昌。那期间，张之洞身边聚拢了诸多精英，柯逢时、袁昶、梁鼎芬、黄遵宪、郑孝胥、叶大庄等等，这些名流不仅带给林旭全新的知识，更让他领悟到非同寻常的人生境界。

1893年春，他回福州应试，先参加童生试，三试皆冠，考取秀才。接着参加癸巳乡试，考中举人第一名。其应试作文很快流传到社会，居然脍炙人口，一时成为美谈。

沈瑜庆一定比谁都兴奋。像赌博一样，他做主下这门亲事，绝不是要把女儿往贫民窟里推的，而在那时，学而优

则仕几乎就是读书人唯一的出路。科举之途再沉疴遍地，脚不在上面一步步往下踩，就很难有出头发达的日子。

或许就是在回乡应试的那一年，林旭在郎官巷买下一幢房子。

他爷爷的老家在福州东门塔头街，因为年久失修，老屋已经破败不堪了。既然需要换新居，不如直接到高官厚禄者云集的三坊七巷中去，好歹离沈鹊应位于宫巷的娘家也近一点。

房子不大，很玲珑。按他的心意，这房子不会久住，只是作为将来偶尔携妻儿回福州的暂时歇息处，最多留待叶落归根的晚年享用。看过外面的精彩世界之后，他心大了，眼高了，他相信自己肯定不仅仅只属于天高皇帝远的福州。

举人之后便是进士。林旭确实朝着这个目标前行了。

1894年，就在中解元的第二年，他初次进京参加恩科会试，以为志在必得，不料却落第。林旭多少有些失落。一考考成解元，再考哪怕叨陪末座，怎么也该榜上有名呀，谁知人算不如天算，竟输了。唯一让他欣慰的是，他的一些诗文开始在京城流传，名动一时，

盛赞四起。

第二年，即1895年，林旭又参加乙未年科礼部会试，很遗憾再次名落孙山。

他脸上肯定有些挂不住了。当年那个语出惊人的神童哪里去了？那个让见多识广的沈瑜庆"异其博"的少年哪里去了？

这次落第之后，林旭没有走，他留在京城，无奈之下捐资为内阁候补中书。

"内阁中书"官阶不过从七品，在内阁中掌撰拟、记载、翻译、缮写之事。"候补"自然更微不足道了。但不管怎么说，他得"工作"了，这几年自己及妻子的生活用度一直靠岳父，岳父虽然并没有丝毫怨言，但也不能永远这么下去呀，他自己都不好意思了。

在他两次进京应试期间，一件大事正在发生。

东邻小国日本在明治维新后资本主义获得迅速发展，并积蓄力量向外扩张。吞并朝鲜、侵略中国成为他们基本国策。这个野心当时甚至得到国际社会的支持，除美国外，其他列强也积极怂恿。由于英法俄德在中国的争夺已经十分激烈，英俄都想把日本结为自己的伙伴，以战胜对手。1894

年初，朝鲜爆发农民起义，朝鲜政权向清政府求援。事情本来不复杂，因为历来是中国的附属国，朝鲜已经习惯于有难就开口相求，而清政府也没有多虑背后的危机与险恶。

危机来自日本。日本假惺惺地怂恿清政府"何不代韩戡乱"，又表示"我政府必无他意"。真没有他意吗？不是。他们其实已经磨刀霍霍了。

1894年6月4日，清政府派淮军将领、直隶总督叶志超率兵一千五百人开赴朝鲜牙山。不到半个月，日本兵也陆续从仁川登陆，占领汉城附近的战略要地。又过了半个月，他们入韩兵力已达一万八千人，并成立海军联合舰队，很快控制了朝鲜西岸。

一切都明朗化了，再傻的人此时都明白了日本人的野心。但仍然有人打着自己的小算盘或者心存侥幸，也许……说不定……他们指望什么呢？居然指望各怀鬼胎的英俄能够通过"调停"和"干涉"让日本人退步。而西太后，那时正忙着准备自己六十大寿的盛大庆典，她哪有闲心管这等破事。

一边是垂涎三尺的狼，一边是愚钝懦弱的羊。

7月25日，海上炮火骤

郎官巷的青石板小道

康有为　　　　　　　　梁启超

起，日本人突然不宣而战了。第一天中方就有"济远""广乙""高升""操江"四艘舰被击沉、击伤或被掳去。接着陆路的战线也铺开，四千多日本陆军向驻守牙山的清军进犯，清军败退。

两个拳头就这么在猝不及防间蛮横无理地击过来了。8月1日，清政府在万般无奈下，不得不对日宣战。

战争开始了。这一年是中国农历甲午年。

先在外围打：平壤战役清军死伤惨重，黄海海战伤亡更剧。很快，日军向中国直接杀来了。10月下旬，一路日军由朝鲜新义州附近偷渡鸭绿江，攻占九连城，进逼辽阳；另一路日军从花园口登陆，从背后包抄大连旅顺。

大连在11月7日失守，旅顺在11月22日沦陷。整个旅顺城的中国人，除留下三十六个用来抬尸体的之外，其余的全被日军杀掉，尸横遍地，血流成河。

时光悠悠蹒进1895年，冬日的严寒还未褪尽，春日的料峭已经紧接而来。1月30日，日军向北洋水师基地威海卫发起总攻。一个星期后，威海卫陷落，北洋水师十一艘舰艇和各种军资物品全部落入日军之手。至此，日军已经杀得性起，一个多月后，又向辽河发起总攻，并迅速占领辽东半岛。

几乎在战火燃烧的整个过程里，李鸿章在慈禧太后的支持下仍然一直心存幻想地在寻求"调停"，然后是"求和"。求和当然是需要条件的，1895年4月17日，在可怜巴巴地四处"乞求"之后，李鸿章终于代表清政府与日方签下了《马关条约》。

《马关条约》共11款，其主要内容是这样的：承认日本对朝鲜的控制；中国割让辽东半岛、台湾全岛及附属岛屿和澎湖列岛给日本；赔偿日本军费白银两亿两；开重庆、沙市、苏州、杭州为通商口岸，日本轮船可以驶入以上各口；日本臣民得在中国通商口岸设立工厂，产品运销中国内地时按进口货纳税，并准予在内地设栈寄存……

如果没有走出福州，没有结识高层人士，没有身临京城，林旭也许对这些丧权之痛、辱国之耻并没有太多切肤的感受，他仍可以凭天赋才情，在小城坊巷里吟些诗，作点赋，风流倜傥地过着快意的生活。可是现在，一切都不一样了。在国难当头之时，机缘巧合，让他恰好身陷京城，身陷政治中心地带，一腔热血顿时被点燃，满腹愤恨于是倾盆而出了。

敏感的知识分子往往最愿意将个人命运与国家命运联系起来，他们没有枪，但有满腹经纶和澎湃激情。在《马关

荣禄　　　　　　　　　　　　　　　　光绪帝

条约》签订半个月后，"公车上书"发生了。

所谓"公车"，就是举人的意思。汉代以察举和征召的办法取士，被征召的士子用公家的车子接送，称为"公车"。后来，入京参加会试的举人也被称为"公车"。

那期间，举人从各地进京应试，本来一心只想谋功名，可是中华民族到了这么危险的时刻，国将不国了，他们只好从书斋中走出，以羸弱单薄之躯迎上去。

位于宣武门外的达智桥松筠庵成了集会的场所，他们决定上书光绪皇帝，希望这个一国之君能够睁大眼看清险恶的时势真相：割让辽东和台湾，是列强瓜分中国的信号，亡国大祸已经近在眼前了，再不清醒，再一味退让，只有死路一条啊！一封洋洋洒洒的万言书由康有为起草，一千三百多位举人愤然在上面签下了自己的名字，这其中就包括林旭。

这是个开始，林旭的手本来握住的只是一杆写诗作词的笔，现在，他的笔墨连同一腔鲜血，要毫无保留地泼洒向另一个更为宏大、壮烈、危机四伏的领域了。

甲午战争中，其实清政府内部也一直存在"主战"与"主和"之争。光绪十五年，即1889年，光绪帝终于亲政，

光绪帝与生父醇亲王

但实权仍然控制在宣布"撤帝归政"的慈禧太后手中，这自然引起光绪帝的不满。于是，当时朝廷上下的官僚为了自身利益，分别依附于光绪帝与慈禧太后，形成所谓的帝党与后党。主战的是帝党，代表人物是光绪帝的老师翁同龢；主和的是后党，代表人物是李鸿章。主战派虽得到皇帝的支持，但该皇帝境况特别，他无实权无军权，傀儡而已。而后党则掌控外交和军政大权。优劣一目了然。

但是惯性使很多人仍然把扭转乾坤的期望寄予他们的"万岁爷"。

康有为是最积极的一员。

1885 年，中法战争后，年仅二十七岁的康有为就利用在京参加顺天乡试的机会，第一次上书皇帝，写下了五千多字，吁请变法图强。但是，这些饱蘸忧国忧民之心的文字根本没有抵达皇帝手中，反而惹出麻烦：本来他已考中进士，在发榜前夕，顽固派大臣徐桐把他的名字取消了。

1895 年 5 月 2 日，"公车上书"后不久，康有为终于中进士，授工部主事。6 月 3 日，他又一次上书，陈述了自强雪耻和富国强兵之策，作为"公车上书"的补充。二十几天后，他再次上书，反复宣扬变法势在必行的道理。算他运气好，后面的两次上书都没白写，光绪帝看到了，认为不错，心生一念：或许真能挽救大清的危楼于不倒？于是命人誊抄后分送西太后、军机处和各省督抚。而翁同龢则亲自拜访康有为，不计卑尊地与他商讨变法之事。自此，康有为与他的学生梁启超为首的资产阶级改良派与帝党结合了起来。

这一年 9 月，在康有为、梁启超的帮助下，由帝党官僚、侍读学士文廷式出面组织强学会，该会每十天集会一次，每次都有人做关于"中国自强之学"和挽救民族危亡道理的演说，吸引了许多高官名士加入。两江总督张之洞、直隶总督王文韶等人各捐五千元以充会费，道员袁世凯也捐五百元入会。

林旭没有入会，不知是他资格不够还是年纪太轻，但他却仍然积极参与活动，忙碌奔走其间。

没有料到，强学会让顽固势力既恨且怕，后党要员荣禄、刚毅等人群起围攻，大学士徐桐则再次与康有为过不去：弹劾他谋反。北京形势太恶劣了，康有为不得不在10月离京避往上海。但他仍然未歇下来，很快在上海也成立了强学会，并且出版《强学报》宣传变法。事情越闹越大了。

林旭是1897年到上海的。他的同乡、曾任台湾"民主国"外务大臣的陈季同，在甲午战败、台湾割让以后，寓居沪上，与其弟陈寿彭一起创办了一份以"不著论议，以符实事求是"为主旨的报纸：《求是报》。林旭来上海显然与这份报纸的筹办有关，但他却没有留下来继续参与，主编由另一位福州同乡陈衍担任。

这时的上海已经成为北京之后第二个维新变法的中心，林旭在其中呼吸到一股股新鲜的空气，他已经完全放弃"向习辞章"的抱负，而转向西学了。康有为所有政治论著被他通读一遍，那些字里行间跳跃的忧愤与抱负，像一枚枚火炬把林旭内心彻底点燃了。他因"慕之"而谒拜康有为，并且"闻所论政教宗旨，大心折，遂受业焉"，成为入室弟子。

1898年1月22日，林旭替康有为宣扬的"三世说"和"大同""小康"学说的《春秋董氏学》作了跋。5月1日，该跋文在上海《知新报》上登出，以凌厉与雄浑引起朝野轰动。

甲午战争的失败，使中国在西方列强眼里成为不过如此的黔之驴，于是瓜分中国的丑剧疯狂上演。1897年11月，德国借口其传教士在山东巨野被杀事件，派军舰强行占领了胶州湾。不仅暗夺，都已经无耻到赤裸裸地明抢的地步了。康有为倡议各省志士组织学会以振励士气。林旭因此再赴北京，遍访在京的闽籍人士，于1898年1月31日与张亨嘉一起，在福建会馆共同主持成立了闽学会。林旭成了闽学会的实际领袖。两个多月后，康有为也北上，与梁启超一起，把

14

在京各省学会组织成统一的团体，即以"保国、保教、保种"为宗旨的保国会，林旭被推选为董事，列保国会题名第四位。

这一年5月，康有为、梁启超借德国兵损毁山东孔庙事件被揭露出来之机，策动了第二次"公车上书"行动。林旭立即动员三百六十五名福建籍人士，率先响应，上书要求惩办凶手和赔偿损失。

林旭太活跃，目标太大了。老成持重的陈衍不免替他担心，极力劝说他暂时南下杭州避避风头。林旭去了杭州，但很快又返京，因为那期间恰逢恭亲王奕䜣病死，变法的阻

戊戌六君子被杀后的报道

力大减，光绪帝于6月11日颁布了"明定国是"诏书，宣布变法。同时谕令各要员举荐人才。林旭闻讯欣喜万分地踏上进京之路。时任湖广总督的张之洞、湖南巡抚陈宝箴和直隶总督荣禄都向林旭发出邀请，希望将他归入门下。

林旭进了直隶总督荣禄的幕僚。荣禄曾在福建任职，对福建人印象不错，也早风闻过林旭的才能，他把这个年轻才俊召来，多少有点笼络的意思。

6月16日，光绪帝第一次召见了康有为，君臣二人进行了两个多小时的长谈。康有为滔滔不绝地陈述了变法的原因、步骤与具体建议，一句一句都让光绪叹服。本来光绪是想委康有为以重任，终因怕树大招风——招来慈禧太后的反对，只让康有为先在总理衙门章京上行走。而梁启超则被赏六品卿衔，办理译书局事务。

8月29日，林旭经曾任福建学政的王锡蕃举荐，也被光绪帝召见了。

在福州的十六七年中，林旭一直只说福州话。沈瑜庆把他带往南京后，他才笨嘴笨舌地学"官话"。语言成了一大障碍，光绪帝根本听不懂他

说了什么，却又很想知道这个名声在外的年轻人都有什么好点子，便特许他将奏对之言誊写出来，变成书面文字。这是一场非常特别的君臣对话，面对面的"谈"，最后只能通过纸上文字的"看"才能实现，如果不是"臣"之所言正是"君"极感兴趣极愿倾听的，料想光绪皇帝根本不会有耐心将这么吃力的交谈持续下去。

林旭说了什么呢？他说的内容同样围绕着救国图强，其言辞之慷慨，其壮怀之激扬都获得光绪帝的赏识。几天后，即9月5日，林旭和内阁候补郎杨锐、刑部候补主事刘光第、江苏候补知府谭嗣同一起，被授予四品卿衔充军机处章京。

军机处是皇帝办公的辅佐机构，起上传下达沟通上下的作用。章京原来只是干秘书的活儿，俗称"小军机"。那些军机大臣多是后党之人，光绪帝既指挥不动，也无权撤换，只好弄来四个"小军机"参与新政。职位不高，权力却不小。军机处内，凡有奏章，都经这四人阅览；凡有上谕，都由四人拟稿。

林旭必定渴望一展才华。那期间他"陈奏甚多"，常代拟"上谕"，因而颇受器重。

从宣布"明定国是"到光绪帝被囚，总共一百零三天的维新变法中，军机处发出新政谕令共有一百一十多道，其内容主要有：废八股、改科举、设学堂、习西学、派人出国游学、奖励发明创造、提倡创办报刊和上书言事、鼓励开采矿产和修筑铁路、保护农工商利益、改革财政等等。很好，是一帖帖治疗灾难深重的中国的良药。

可是形势却不好。在变法开始的第四天，即6月15日，慈禧太后就逼光绪帝在一天之内连下三道"上谕"：第一是免去翁同龢军机大臣、总理衙门大臣等职，驱逐回籍，借以孤立光绪帝；第二是规定二品以上新授任的官员，须到皇太后面前谢恩，以此控制用人大权，以堵塞光绪帝破格任用维新人士的渠道；第三是任命大学士荣禄为直隶总督统率北洋三军，控制着京畿兵权。

没有兵权确实太被动了，康有为此时想到袁世凯。此人先前不是曾加入强学会吗，而且还掏过钱，态度积极。调天津小站编练新军后，袁世凯已经握有一支七千多人的新式武装。康有为天真地认为"可救上者，只此一人"，便专折向光绪帝推荐。

9月16日，光绪帝召见袁世凯，赏以侍郎衔，专办练兵事宜。第二天再召见，面谕袁世凯以后可以与荣禄互不掣肘。不料袁世凯转身就去向荣禄汇报此事，后党大惊，立即调重兵布防。形势顿时恶化。

其实在9月14日时，光绪帝已经感到大事不好，他写了一道密诏让杨锐带给康有为，内容是："今朕位几不保，汝康有为、杨锐、林旭、谭嗣同、刘光第等，可妥速密筹，设法相救。朕十分焦灼，不胜企望之至。"杨锐看过这封密诏后大惊失色，慌乱无措间竟把密诏放在手中整整扣压了四天，然后才交出去，不是直接交给康有为，而是交给林旭。

9月17日，没有收到康有为复命的光绪帝心急如焚地又写了一道密诏："朕今命汝督办官报，实有不得已之苦衷，非楮墨所能罄也。汝可迅速出外，不可迟延。汝一片忠爱热肠，朕所深悉。其爱惜身体，擅自调摄，将来更效驰驱，共建大业，朕有厚望焉。"这一次，光绪没有把密诏再交杨锐，而是交给了林旭。

两封密诏在手，身处何种境况已经尽知。林旭怎么办？他没有选择逃避，而是在第二天冒着危险将两封密诏一起送达康有为手中。康有为与梁启超、谭嗣同等人商议后，由谭嗣同当夜只身密访袁世凯，劝他杀荣禄，除旧党，发兵围颐

福州金鸡山地藏寺，林旭灵柩从北京运回福州时，就暂寄在这里

和园，劫持西太后。

这是一着险棋，一切都维系于袁世凯一身。袁世凯当即表示效忠，还假模假式地设计了一套诛杀荣禄的方案，20日却马上向荣禄禀报。结果可想而知。第二天光绪被囚南海瀛台，同时慈禧太后下令捕拿维新派与帝党人员。历时一百零三天的维新变法失败了。

康有为没有被捉，9月20日他在英国公使的帮助下，乘船逃往香港。梁启超也没有被捉，他在日本使馆的帮助下乘日舰逃往日本。剩下的，谭嗣同被抓，林旭被抓，杨锐、刘光第以及御史杨深秀和康有为的胞弟康广仁等人都被抓。一个星期后，这六人未经审讯，就被押到北京宣武门外菜市口斩了。他们中，谭嗣同三十三岁，杨深秀四十九岁，杨锐四十一岁，刘光第三十九岁，康广仁三十一岁，林旭最年轻，只有二十三岁。

临刑前，林旭仰天长啸："君子死，正义尽！"然后大笑，声若洪钟。他就这样死了，生命永远定格在郁郁葱葱的青春期，有着永远的"翠"。

沈鹊应痛不欲生，结婚七年，他们恩爱有加，却还未生育一子半女，生活的图画似乎还未真正展开，猛然间，林旭却撒手而去了。

报国志难酬，碧血谁收？筐中遗稿自千秋。肠断招魂魂不到，云暗江头。绣佛旧妆楼，我已君休，万千遗恨更何尤！拼得眼中无尽泪，共水长流。（《水调歌头》）

旧时月色穿帘幕，那堪镜里颜非昨，掩镜检诗，泪痕沾素衣。明灯空照影，幽恨无人省；辗转梦难成，漏残天又明。（《菩萨蛮》）

这一首首泣血写下的词，从飘着苍白的招魂幡的闺中接连流出，传诵一时，让沈鹊应的才情有机会露出冰山一角。可是，这对于她来说又有什么意义？更有谁又能真正读懂她汪洋于字里行间的漫天悲痛与无奈？

林旭被一截两断的尸体，由沈鹊应的表兄、"商务四老"之一的李拔可带着林家仆人到菜市口收拾起来，经缝合后运回福州。可是按福州风俗却进不了巷子进不了家门，灵柩只能寄藏在金鸡山麓的地藏寺里。当地的保守派因为恨变法，所以也恨林旭，就是一具僵硬的尸体也不肯放过，竟用

福州南后街

铁钎在火中烧红，然后将棺材捅穿。

这是给沈鹊应的最后一击，她那一颗凄风无边苦雨飘摇的心也彻底被捅穿了。

伊何人，我何人，只凭六礼传成，惹得今朝烦恼；生不见，死不见，但愿三生有幸，再结来世姻缘。

亲撰了献给林旭的这个挽联之后，她饮恨自尽。

关于她的死有两种说法：一是服毒，二是跳楼。这个风华绝代的名门闺秀，当初遵父亲之命嫁予自己原本并不熟悉的男人，然后一路为他担惊受怕、揪心牵挂，她左右不了他，也左右不了自己的命运，最终能够左右的，只有自己弱不禁风的躯体，殉情成了她唯一的选择。死后她和林旭一起合葬在福州崎下山。

郎官巷那几间如今已经用钢筋水泥建起的简陋建筑群中，可以找到林旭故居的遗址。遗址上是一家摆满流行歌星 CD 碟片的音像店。爱来爱去的歌终日缠绵地响着，地下的林旭和沈鹊应可否听见？

一个老人安歇了

一个老人，一个被称为近代中国思想启蒙者的老人，他的名字叫严复。

严复的家离林旭家不远，不过几十米的距离，但与林旭相比，他是幸运的。在林旭故居荡然无存的今天，郎官巷二十四号严复故居却被完好地保存下来，并被辟为纪念馆，在修葺一新后，2003年正式对外开放。

但这里其实只是严复晚年的住处，他的老家不在郎官巷，而在福州郊外的阳岐村。

七岁时严复就入私塾读四书五经，四年后他父亲严振先大概觉得儿子混在一帮人中，学业长进的速度与他的理想有距离，便请了一位叫黄宗彝的老先生来家里单独教导。严振先其实腰包不鼓，他在台江苍霞洲开设医馆，虽然医术高明，被称为"严半仙"，但因为常悲悯地接济穷人，有时还替人代付药费，所以一直都囊中羞涩。但他还是为儿子请了一位才学过人的老师，实在是用心良苦。严复的祖父也是行医的，这碗饭严家已经吃了两代人了，好歹能维持生计。如果实在无法及第，退一万步，那么严振先也许指望过唯一的

青年严复

英国皇家海军学院

儿子能够从医吧？

可是，严复却没有继承父业，1866 年，他去报考船政学堂。

事情的起因是父亲死了。那一年，福州霍乱流行，严振先没日没夜地为人治病，竟不小心也被传染，一命呜呼。家庭的顶梁柱倒了，留下孤儿寡母，别说请老师，就连私塾也读不起了。恰好那年年末马尾船政学堂开始招收第一届学生，条件也诱人：衣食住全包，每月还发四两纹银的津贴。也是巧，入学的考题为《大孝终身慕父母论》，十二岁的严复刚刚丧父，一肚子都是追思父亲的深情，所以数百言洋洋洒洒一挥而就，竟以第一名的成绩被录取。

船政学堂初名求是堂艺局，刚开始设在福州于山白塔寺内，第二年，即 1867 年 6 月，马尾校舍建好，师生才移了去。有钱人家的子弟仰望着科举，是不屑于这里的，这里以培养造船与航海人才为目标，分造船和驾驶两大专业，严复学的是航海驾驶。这位脸色苍白的文弱少年，原先翘首眺望的人生前程根本不是这些，但是，一旦别无选择，他还是很快就全身心投入了。

第一届的驾驶专业招收了一百零五人，经过五年严格的学习考核后，只毕业了三十三人，而严复的成绩在最优等之列。

一切仿佛都已经注定，船政学堂走出的人自然该登上那时还是稀罕物的船舰。

"建威"号，这是严复最初实习的船只，他随这条船政最初外购的船到过香港、新加坡、槟榔屿等港口，接着随船政自制的中国第一艘木壳巡洋舰"扬武"号抵达过日本的长崎、横滨等地。世界在他眼前一下子展现出别样的色彩，这是埋头四书五经中的人绝不可能见识到的。不知道站于波涛之上极目远眺时，严复的心里是否有几丝庆幸掠过？

当然，更大的幸运还在后头。1877年，也就是在林旭出生的第三年，严复与刘步蟾、萨镇冰等三十二位船政学堂毕业生一起去了英国，那年他二十三岁。

在很多人的印象中，严复是位纯粹的文人，但在英国格林威治海军学院，他学的却是军舰的驾驶技术，具体的课程是数学、物理、化学的基础教育以及操船专门教育，跟"文"真是一点都沾不上边。毫无疑问，政府为严复他们定下的未来身份是军人，他的同学刘步蟾、萨镇冰等人后来不都成了著名的海军将领吗？

1879年8月，严复从英国如期归来时，确实进入马尾船政学堂任教，所从事的仍然与航海驾驶有关的职业。第二年，李鸿章在天津创办了北洋水师学堂，召他去任总教习，1889年晋升为会办，相当于副校长，1890年又升为总办，就是校长了。在这个地方他一待二十年。

进入英国格林尼茨皇家海军学院学习的中国留学生与各国同学

严复与萨镇冰等人合影

留学的刘步蟾，以及船政学堂的同学邓世昌、林泰曾、林永升，还有许许多多其他的同学、朋友以及学生们。刘步蟾是"定远"舰管带，邓世昌是"致远"舰管带，林泰曾是"镇远"舰管带，林永升是"经远"舰管带，都是好不容易才组建起来的北洋水师的脊梁啊，一夜之间，却全部命丧大海。一向以"天朝大国"自居的大清帝国，竟然惨败给日本这个弹丸小国，太可怕了！每每午夜梦回，锥心疼痛总是铺天盖地袭来。

没有到第一线去浴血奋战的严复开始以笔作战了，他有太多的悲愤要喷发，太多的忧伤要发泄。1895年2月至5月，在天津《直报》上，他连续发表《论世变之亟》《原强》《辟韩》《救亡决论》等一系列的政论文章，每一篇都激愤而且犀利。中国缺少坚船利炮吗？不是。中国缺乏猛将勇士吗？更不是。七十八艘军舰，总排水量八万五千吨左右，这是甲午战争爆发前中国海军的兵力情况，实力排在世界第八位。而日本则仅有三十一艘军舰，总排水量不过六万吨左右，实力排在世界第十一位。战事过程，中国官兵拼死抗争、誓与船舰共存亡的气概感天动

人生行进到这样的境地，俸禄尚可，实权些许，应该也很容易松弛下来，好好消受一番了吧。但是发生在1894年7月的一件大事电闪雷鸣而来，简直醍醐灌顶。

也是因为中日甲午战争。这个世界海战史上持续时间最长久的一次海战，日本人借此一战，迅速崛起于东亚，并跻身于世界军事强国之列，而清王朝则一败涂地，国几不国。一千六百余人，这是在前后长达七个月中日海战中死去的中方海军人数，他们中大都是福建人或是从福建船政学堂走出的精英，包括同严复一起赴英

地气壮山河。还记得电影《甲午风云》中李默然扮演的邓世昌吗？那副为国血战到最后一刻，然后慨然率全舰二百三十多名官兵蹈海而死的悲壮形象，曾令多少人热血沸腾、热泪长流！

那么我们究竟败在何处呢？

严复把眼光投向了国家的制度。的确到了该好好反省的时候了，到了该睁大眼看看世界诡秘多变的时候了。

1897 年，严复在天津创办《国闻报》，主要刊登国内外时事和发表社论，每天一张，同时还附有旬刊《国闻汇编》，陆续将中外有保存价值的文章辑入。开民智、新民德、鼓民力，这张报纸成了严复表达自己思想的极好阵地，一连有二十七篇文章刊出。他认为，"不变于中国，将变于外国"，中国自己图变就能强大，如果被外国所变，中国则亡。

"致远"舰管带邓世昌

1897 年 12 月，严复翻译的英国博物学家赫胥黎的《天演论》（原书名为《进化论与伦理学》）开始在《国闻汇编》中陆续发表。"物竞天择，适者生存；弱肉强食，优胜劣汰"，中华民族已经到了最危险的时刻，再不清醒过来，连立锥之地都可能失去啊。

1898 年《天演论》单行本出版，全国震动，重印达数十次之多。十九世纪末期，一本英国人写的强调生物界生存斗争、选择淘汰的进化论观点的书，经过严复之手后就这样成了畅销书，并且在中国大地上影响深远。

这样一个脑中装满西方资产阶级理论学说的人，犀利

严复创办的《国闻报》

福建督军李厚基

他执意应试的目的解释为"要改变职微言轻的状况",真是这样吗?经由科举,成为举人、进士、翰林而至公卿,传统老路吸引别人可以理解,熏过洋风喝过洋墨水的严复为什么也有如此幻想?十三岁的林觉民在被迫应试时不是都敢写下"少年不望万户侯",然后扬长而去吗?英姿勃勃的北洋水师学堂的学生一茬茬地来,一茬茬地去,成了万里海疆上的中坚力量,这难道还不够他油生光荣感吗?

还是因为甲午战争。如果中日在海上没有那一场恶战,严复的科举梦可能还会一直做下去,可是战争却让他一下子清醒了。这场战争几乎就是大清国彻底走向衰败、日本国迅速走向强大的一个分水岭,那么对于严复来说,是否也是他人生的一个重要分水岭呢?那以后,他从八股文中解脱出来,像一名斗士一样跃上战场了。

一位对严复颇有研究的老先生说,严复性格外向,偏激进。

把"激进"理解为"激情"或许更准确。国难当头,一个缺乏激情的人,是很难怒吼一声、拍案而起的。

《天演论》之后,他又

的双眼早已透彻看穿中国铁板一块的旧制度旧体制的弊端,然而非常奇怪的是,从西方回来后,严复有很长一段时间里,曾经对科举恋恋不舍。

从隋朝兴起的科举,寄托过中国文人多少梦想啊。因为父亡家贫,年少的严复黯然退出此道,退了便退了,谁知后来,在他身为北洋水师总教习,甚至副校长、校长之后,竟还先后参加过四次乡试。他先是为自己捐了一个应试的资格,然后1885年回福建应乡试,没有中;1888年、1889年两次入京参加顺天乡试,又没中;1893年4月,他不小了,已近不惑之年,竟再回福建应试,还是没有中。许多书上将

马不停蹄地翻译了英国经济学家亚当·斯密的《原富》，英国思想家穆勒的《名学》和《群己权界论》，英国社会学家斯宾塞的《群学肄言》，英国学者甄克思的《社会通诠》，法国思想家孟德斯鸠的《法意》，英国学者耶芳斯的《名学浅说》，一共八部。浩若星辰的外国著作，他选择的却是能给贫弱不堪、列强虎视之下的中国以启迪、警示与召唤的书。在他之前，没有人把西方资产阶级思想家的代表作如此系统地介绍到中国，这些书像及时雨一样灌溉进学问饥荒中的知识界，顿时令他声名鹊起。"做得一篇请兴办海军摺稿六七千言，大家佩服无地。我现在真

中年严复

如小叫天，随便乱嚷数声，人都喝彩，真好笑也"，这是他给家人的信中说的。他去上海青年会演讲政治学，结果呢？"印稿撒至五百余张，尚有求者，今日海内视吾演说真同仙语，群视吾如天上人，吾德薄何以堪此，恐日后必露马脚耳"。在我们现在看来，这实在与大明星无异了。

接下去的日子里，安徽巡抚聘他出任安庆高等学堂监督，复旦公学又委他为校长，他还充任天津"新政顾问官"、学部审定名词馆总纂、宪政编查馆二等谘议官和清理财政处谘议官、福建省顾问、国家宪政议员等等。乌纱帽一顶接一顶地罩下来，这一切，靠科举获取功名的人也未必能够得到的呀。有趣的是，1910 年自身难保的清廷居然赐给他一个"文科进士出身"。不知道曾四度苦苦应试却屡屡名落孙山的他，捧着这个头衔时，是什么滋味涌上心头。

就在《天演论》单本出版的那一年，严复的命运差一点又有一个大转变。

1889 年 6 月，光绪帝下诏书，宣布变法，比他年轻二十一岁的老乡林旭等四位四品卿军机章京一起向光绪帝

推荐了严复。光绪帝挺器重的，召见了严复，虚心听严复说了一番外面世界的缤纷繁复。严复想必是激动的，也很愿意好好表现一下，回来后就写下了《上皇帝万言书》。可惜还未等他抄呈，慈禧太后就发威了，林旭等人被害，光绪帝被囚，流水落花春去也。万幸的是带血的刀没有对准他的脑袋，他逃过一劫，命是保住，心却伤得不轻。"临河鸣犊叹，莫遣寸心灰"，这是《戊戌八月感事》一诗中的两句，提笔之时，他的手是颤抖的，因哀痛、惋惜以及后怕颤抖。

十来年后清朝灭了，民国成立了，袁世凯称了帝又倒了台，是是非非，起起落落，世事的风云从眼前浩荡而过。乱世之中，他无法成为旁观者，袁世凯委他以北京大学校长、总统府顾问、政治会议议员、众议院参政等职，他终于脚步踉跄一下走进了岔道，成为筹安会的一员。相识近三十年的友人称帝复辟，要严复出来鼓鼓掌，甚至想让他再动动笔杆子呐喊几声，这事能做吗？真是左右为难啊。他把袁世凯亲信送来的四万元支票退还，却又对未经他同意就被人冒列筹安会一事三缄其口，这样的日子过起来真是无趣且窝囊。想必他自己比谁都更清楚地看到，当年敢于为国家的存亡拍案而起的血性，已经随着逝去的岁月一点点地从他身上流失了。

1949年新婚不久的辜振甫、严倬云夫妇

20 世纪 30 年代，林慕兰与子女在上海

　　终于，复辟失败，袁世凯完蛋了，北京政府通缉筹安会祸首，严复没有被列入，谢天谢地，他又侥幸逃过一劫。但他毕竟老了，严重的哮喘病让他的身体比实际年龄更快衰老了，豪情壮志已经渐渐淡去，于是他开始想家。

　　1918 年的归来是带着最钟爱的三儿子严叔夏回老家与他的挚友陈宝琛的外甥女林慕兰结婚，这门由陈宝琛亲自保媒的亲事，肯定让他十分中意。12 月 9 日晚到福州，16 日在老家阳岐买下一幢"玉屏山庄"，24 日举办订婚仪式，1919 年元月元日（即农历十二月初一）举行婚礼，办了三十桌酒席宴请宾客。不到

一个月的时间，一对陌生男女就这样走到一起了。这桩婚姻的前半段不知怎样，后半段却是不幸的，不幸的根源主要不在于他们，而是时局所致：抗战时期，林慕兰带子女避在上海；日本投降后林慕兰又带子女去台湾探亲，然后就再也没回来，像牛郎织女一样夫妻俩被永远隔在了海峡两岸。所幸几个子女都有建树：大女儿严停云（即华严），后来成了台湾著名作家；二女儿严倬云则成了台湾海基会负责人辜振甫的妻子；而儿子严侨，1951 年在台中第一中学任教时，曾是李敖的老师。

　　在六十岁之后，严复就得了哮喘病。那次从北到南，漫

长的回家路靠的是火车，半路上哮喘病复发了，每一步路都走得他上气不接下气。真是可怜，按他自己在家信中所述："最苦者，每次上车下车，无论何站月台上，总有几百步好走，此即要我之命，因行至半途，大喘辄作，此时心慌气塞，甚者二便都要出来，如无歇息处所，巴不得便坐在地上……"

他为儿子儿媳购下"玉屏山庄"，本来自己也准备在那里小住的，恰好此时福建省督军李厚基在郎官巷替他买下这幢房。

李厚基是在海军总长刘冠雄的保荐下，才获得这个位子的，所以一直对刘大人感恩戴德，而刘冠雄除了跟严复是老乡外，又是严复在北洋水师学堂任教时的学生，就因了这层关系，见严复千里迢迢回到福州，李厚基先殷勤地把他接到督军府"洗尘"，又以房子作为礼物拱手献上。

严复笑纳了。

房子不大，也就六百多平方米，却简朴实用，可惜他住得并不舒服，这个不舒服不是因为环境，环境其实太好了，出行方便又清静幽深，所住的也都是达官贵人，高宅大院幢幢相连。严复的不舒服还是源于自己糟糕的身体。

四十一年前，作为中国有史以来首次由政府派赴欧洲

福建船政旧建筑遗址

的留学生，他离开故乡远行时意气风发健步如飞，眨眼之间，却已经两鬓白发步履蹒跚了。多少次魂牵梦萦的地方，重新再踏上时，青山依旧在，夕阳依旧红，可是故乡的风刮动的却是他稀疏的胡子，以及如影相伴的风箱抽动般沉重的一呼一吸。"坐卧一小楼，看云听雨……稍稍临池遣日。自谓从前所喜哲学、历史诸书，今皆不能看。亦不喜谈时事。槁木死灰，唯不死而已。长此视息人间，亦有何用乎？"这一封寄给朋友熊纯如的信写得如此黯然沮丧，他在郎官巷里的心境便可见一斑了。

毫无疑问，他其实是个对生活品质有许多要求的人，这可以从他的名字上推断出来。传初、体乾、宗光、又陵、几道、瘝瘝，这一连串都是他的名与字。而他给子女起的名字也都以繁杂来标新立异：严璩、严瓛、严琥、严璿、严玷、严璸、严璆、严珑、严顼，真是麻烦，这些古怪孤僻的字连今天无所不能的电脑都未必都打得出来。有一张他老年时的照片：浓眉大眼，脸庞方正，前额宽阔，一副标准的美男子形象。照片上他的头发与胡子都花白了，估计年岁不会太轻，病痛可能入侵，却仍旧衣冠楚楚地抖擞着精神完成了那次拍照的过程。这样的人竟也会"槁木死灰"？

这一次回闽，他住了十

1991年严停云在严复墓前

个月，然后乘船离去。两年后，才再次踏进郎官巷。身子更腐朽了，喘息更艰难了，唯一让他快慰的是严叔夏的儿子严侨已经开始牙牙学语了。大儿子

严璩仅生了一个女儿，二儿子早夭，三儿子终于为他生下一个孙子。当时他还是在北京得到孙子降生的消息，竟大放鞭炮隆重庆贺，甚至不顾病体，马褂长袍穿戴整齐持香叩谢祖宗，极度的欣喜之情溢于言表。拖着羸弱之躯千里迢迢从北京归来，是已经预感不祥而求叶落归根，还是急着在有生之年看孙子一眼？这个问题也许只有他自己能够回答了。

总之他回来，再也不走了。1920年10月29日起，郎官巷这幢房子的花厅楼上又开始不断传出一个老人粗粗的喘气声，花厅前的假山花木即使再精美芳香，估计他也打不起精神探出头观赏片刻。太痛苦了，

36

为了止疼，医生给他开出"特效药"，他病不择医，一口吞下，谁知竟是鸦片，而且一次成瘾，病却还是每况愈下。

当年，林旭在光绪帝身边呼风唤雨时，严复可曾有过羡慕？林旭把他引荐进皇宫时，严复可曾感激不尽？然后，站在郎官巷家门外，望着几十米外日渐荒芜凄凉的林旭家，严复又可曾有万千感慨涌上心头？关于这一切，严复很少表露。在《哭林晚翠》一诗中，他表达了对林旭的悼念，至于其他，他似乎并没有更多的言语。

1921年夏天，他在二女儿的陪同下去福州鼓山喝水岩避暑，写下《灵源洞》与《避暑鼓山》两首诗，这可能是这位著作等身的老人写下的最后文字吧。

这一年的10月27日，他死在郎官巷家中。

在福州这条如今看上去极不起眼的老巷中，中国近代一位在思想界产生过极大影响的老人合上了眼睛。他把自己最后的灵魂永远放进幽静的郎官巷中。

他的墓志铭由他的好友、儿媳林慕兰的舅舅陈宝琛所写。而此时，陈宝琛在北京的皇宫中，做着中国最后一个皇帝溥仪的老师，正千辛万苦地试图支撑住末代皇朝风雨飘摇的身子，最后仍是枉然。

严复故居对面的天后宫

坊里流金巷是银

清道光二十二年，即1842年，在鸦片战争爆发后两年，清政府与英国入侵者签订了丧权辱国的《南京条约》。根据这个条约，福州被辟为"五口通商"口岸之一，成为大宗进出口货物的集散地。到了咸丰三年，即1853年，福州更是成为中国四大茶市之首。在付出鸦片一批批运入、嗜烟者一批批涌现的代价后，福州街头也出现商贸的一片繁荣。

绸缎布匹、苏广百货、钱庄馆店、珠宝行、古玩坊、裱褙店……南后街上挤挤挨挨的这些华贵的商店里，全是奢侈的消遣品，小姐流连，公子钟情。那时，福州最繁华的街是南街，其次就是与之平行、同为南北走向的南后街了。两街之间，夹着七巷。

有人推测，虽然习惯上人们将"三坊"列于"七巷"之前，事实上很可能是先有七巷，而后随着街市的渐渐繁荣和居家的日益喧闹，三坊才慢慢衍生而成。

那些虽然被岁月日日吞噬蚕食，却依旧森然高耸的大屋厚墙间，有纸醉金迷的灯火摇曳而过，有锦衣玉食的残影再三徘徊。

从唐代开始，究竟有多少商人在挣得盆满钵满之后，选择在这里定居呢？现在已无法统计了。但有一点可以肯定，无论唐宋还是明清，凡能在此地购下大厝的，或者有势，或者有钱，二者必居其一。

当然，总有例外。在金碧辉煌、瑰丽夺目的豪门间，也有别样的气息汩汩渗出，别样的情节恬淡上演。

那是另一种丝绸般纤细柔软的光泽在闪烁。

来自古麻剌朗国

三坊七巷中，年代最久远的商家，能找得到姓名并保留下故居的，要算黄巷四十二号的葛氏家族了。

但严格说，葛家并不算真正意义上的商人，他们的祖先甚至不是汉人，而是古麻剌朗国的国王斡剌义亦敦奔。

古麻剌朗国在哪里呢？这个国家如今已经不复存在了，翻遍任何一张世界地图，都别想把它找出。可是先前，至少明朝以前，它却是确切存在的，具体的地点在菲律宾棉兰老岛。

时间有点远了，差不多是六百年前的事。

六百年前是明朝永乐年间。

永乐三年至宣德八年，即1405—1433年，在长达二十八年的时间里，出生于云南昆明的太监郑和，受朝廷派遣，曾

七下西洋。去干什么？说法不一：寻惠帝、耀兵示富、联印抗蒙、巩固海防、寻找麒麟、发展贸易等等等等。其他几种理由姑且不论真假及效果如何，贸易确实很好地发展了。

其实自汉代开始，中国就有船只航海南下，唐宋之后，"海上丝绸之路"进入一个新的发展时期。到了明朝，情况有变。朱元璋立国之初，因为担心前朝残部勾结海外势力卷土重来，建立了一个"朝贡贸易"制度，规定凡海外来中国贸易的，必须具有外国"表文"和明朝"勘合"的"贡舶"，就是要遵守指定的航路和港口，不得擅自轻举妄动。海上贸易显然因此受阻，但也从未间断。明成祖朱棣称帝后，因为"疑惠帝亡海外，欲踪迹之"，他和朱元璋有类似的担心也不

足为奇，不过还是有所改进，把原先的"有来无往"改为"有来有往"。

我们所"往"的是什么呢？茶叶、丝绸、陶瓷、漆品、铁具等等。而带回的则是国内稀罕的珍禽、宝石、香料、金器之类。物物交换，参与这种形式贸易的双方，一定要把他们说成"商人"，其实也未尝不可。

古麻剌朗国一定包含其中。

从地图上看，菲律宾棉兰老岛东临菲律宾海，西接苏禄海，南连苏拉威西海，北邻保和海，交通如此便利，郑和舟师经过时，没有道理特地绕

开。郑和兄妹六人中，他排第三，小字三保，人称"三保太监"或"三宝太监"。东南亚一带，至今仍保留许多以"三宝"命名的遗迹：三宝城、三宝庙、三宝亭、三宝井。而现在的棉兰老岛上，也有一座城镇，叫"三宝颜"，它与郑和应该也多少有点关系吧？

只是不知道那时彼此间究竟"来"了多少，又"往"了多少，没有记载留下。

有记载的是郑和行程很远：穿过太平洋、印度洋、阿拉伯海，最远的甚至抵达非洲东岸和红海海口，途中经过三十多个国家。

有记载的还有郑和的船队很庞大：两百多艘，分宝船、马船、粮船、坐船、战船等数种船型。其中宝船最大，"长四十四丈四尺，阔一十八丈"，一丈等于三点三三三米，这么一算，吓人一跳，那是六百年前啊。而其余的船只也不小，马船长达三十七丈、宽十二丈，粮船长二十八丈、宽十二丈，最小的用于抵御敌对武装及海盗侵袭的战船，首尾长也达到了十八丈。而人员，以第四次下西洋为例，"军二万六千八百名"。

我们完全可以想象得到

郑和画像

纪念郑和下西洋六百周年邮票

郑和船队的宝船

那是一种怎样的气势，大中华强大的兵力与财富所显示出来的力量，毫无疑问渐渐渗透进了沿途各小国的政治事务中。自郑和第一次下西洋后，外国来明廷朝贡的使臣便络绎不绝。永乐十八年，即1420年，那时郑和已经完成五下西洋了。十月，古麻剌朗国国王带领妻子、陪臣以及众多南国特产也来了。他们是随同归国的中国使者张谦，先坐船抵达福州，再千里迢迢奔赴北京，向明成祖朱棣虔诚朝拜。

明朝廷对此肯定很受用，朱棣下诏封斡剌义亦敦奔为"古麻剌郎"，又慷慨赠予印诰、冠带、仪仗、纱罗、鞍马和金织袭衣，给王妃则赐冠服，其他各位陪臣也没空手，各赐受了彩币、衣服、文绮等物。

给出一堆金银财宝后，财大气粗、春风得意的明成祖似乎还没尽兴，便又在奉天殿大摆宴席，好酒好菜将这群异域来客好好款待了一番。

第二年四月，国王该回国了。离京时，明朝廷又赠大批金银钱和丝织品。本来挺高兴的，宾主双方都其乐融融，亲切友好的气氛上下弥漫。不料，在回国途经福州时，斡剌义亦敦奔却突然染病而死。染什么病？暴病还是在北方寒冬中早已积下顽疾？没有哪本书有记载。而为什么来访与回国

都要途经福州,却不太难理解。

郑和七下西洋,七次都在福州长乐太平港停留数月,然后从这里告别国土扬帆而去的。太平港是郑和船队离国启航的最后停泊港口和航行的计程起点。

长乐别称"吴航",以善造船闻名。永乐元年,朱棣刚一登基,为了南粮北调、打击倭寇和准备郑和下西洋等诸多需要,就命福建都司造海船一百三十七艘。第二年又造五艘。永乐五年则改造海运船两百四十九艘,永乐六年和永乐十七年再分别造宝船四十八艘和四十一艘。这其中究竟有多少是在长乐造出的呢?不得而知,但至少,郑和舟队每次出行都要在长乐停泊的目的,除了为等待东南季风之外,很重要的一点则是为了修造船舶。

当然,目的还有其他,比如招募水手。长乐濒海,当地人水性好,体格健。壮年男人于是被一批批招进舟师,随船而去,又跟船归来。漫长的二十八年里,西洋的万顷波涛与这块土地竟因此产生了丝丝缕缕扯不断的关系。

而离长乐两百多公里之外,就是泉州。

泉州刺桐港的海外贸易兴盛曾长达数百年,宋元时达到顶点,成为"涨潮声中万国商"的"海上丝绸之路"的起点和东方第一大港。只是明朝实行海禁后,撤销了包括泉州在内的三市舶司,洪武四年(1371年)至二十七年(1394年)朝廷又连续四次下达"片板不许入海"的禁令。但来华进贡者,却不在禁止之列,泉州和福州两地,仍是许多异国朝贡者停泊靠岸的首选之地。为此，福建地方官特地在福州城东南面的河口建造了宽敞壮观的进贡厂和柔远驿来接待他们。宽敞到什么地步呢？《福建市舶提举司志》记载："进贡厂房屋：锡贡堂三间，会盘方物于此。承恩堂三间，察院三司会宴于此。控海楼一座三间，厨房一所。尚公桥一座。碑亭一座。仪门三门。运府提举司会宴堂三间。待夷使宴堂三间。更楼一间。守宿房五。库内香料三间……"而柔远驿，"前厅三间，两边卧室六间；后厅五间，两边夷稍卧房共二十七间……"

有朋自远方来，而且携奇珍异宝毕恭毕敬来奉献，何乐不为？既然来了，人被迎进柔远驿住下，贡品则运入进贡厂先贮着。然后，福建官员在承恩堂大办宴席，先美餐吧，吃饱了喝足了歇够了，再登上漫长的进京驿道。

清乾嘉之际福州有一本根据本地民间传说和历史故事拼凑成的话本面世，叫《闽都别记》，作者署名"里人何求"。书中写到麻刺朗国人的船只初泊大桥下的内港时，福州人看到这些长相怪异的"番鬼"，竟吓得不轻，甚至病倒。而孕妇见了他们，"皆惊冲生下鬼子"。按书中描写，麻刺朗国人长得真不怎么样："青面獠牙，发如朱砂，凸嘴仰鼻，形状如鬼怪、夜叉。"确实够吓人的。鼓楼法海寺是当时安顿古麻刺朗国人的地方，寺旁有一巷，据说原名"番鬼巷"，后来觉得不雅，才改成现在的"宦贵巷"。

——夸张的民间传说而

当年的洪山桥，过了这座桥就是洪塘了

福州旧影

已，却从另一角度渲染出古麻剌朗国人来临时的奇特情景。

但无论官员如何盛迎还是民间如何惊吓，这个国王最终还是死了，死在福州。归国的船可能都已经扬帆，可是他却再也登不上去了；故国宫殿专属他的宝座也许仍然金碧辉煌，可是他却再也坐不回去了。雕栏玉砌依然在，人面却不知何处去。王妃、王子、众臣的哭声响起，萦绕在五百多年前的福州上空。当地人对他们不再有惊恐，投去的目光中，纷纷多出了几许同情。

不过这个不幸的国王还是获得不坏的待遇：明朝廷立即派礼部主事杨善前来福州祭悼，赐予斡剌义亦敦奔谥号"康靖王"，又命福建地方官为他建造茔墓，按王公的规格安葬于西门外茶园山，春秋致祭。《福州府志》"冢墓"卷中就有记载："康靖王墓在草市都茶园山。"永乐二十二年七月，明成祖病逝，斡剌义亦敦奔的继位者剌芯国王，还念念不忘明朝皇恩，于这一年十月，派叭谛吉三等大臣奉金表笺来中国，献上长颈鹿和珠宝。之后，由于海上倭寇盛行，以及西班牙殖民者的入侵，古麻剌朗国的朝贡之路断了，与中国渐渐疏远。

倒霉的是那些陪臣。好不容易出一次国，好不容易遍尝中华美食好酒，又凭空收受一堆礼物，正高兴得晕头转向载歌载舞，猛然间，形势急转直下，他们走不了，他们有家不能回了，他们得永远留在异国他乡替亲爱的国王守陵。

这些陪臣取"葛"为姓，最初的住地在康靖王陵墓西边的洪塘，其子孙的生活费用一直到明末都由朝廷供给。有钱有田，日子过得真不错，平时也没什么事可忙，春秋时记住祭一祭地下的国王就行了。可是，他们不可能永远这么悠闲下去，毕竟春夏秋冬不尽更迭，他们的呼吸吐纳渐渐就与当地人融到一起，一样走科举路，一样为官经商，一样婚丧嫁娶传宗接代。

那么，他们又是什么时候从洪塘搬进到三坊七巷来居住的呢？据说是在清康熙年间。

葛焕，号蔚庵，就是这个人，在母亲去世后，因为担心父亲住在偏僻的洪塘太寂寞，便在城里购下房子。这个"城里"是否就是指黄巷四十二号？没有确切的记载。住在这里的葛氏后人说，以前葛家大院远不止现在这种规模，而是大多了，占地上万平方米。当然，很可能不是一次性购下的，而是逐渐扩大，扩大到一定程度后，精力财力都足够丰厚了，就又推倒重建——不是一般的建法，很有讲究的，是按天干地支、北斗七星的布局精心设计建造的，前后共建了十七年零九个月才完成。大院里本来确实有七口井、一个斗。遇大旱，即使整条巷的人都来他们家挑水，那井也总是清水不竭。但现在房子或卖或倒，不但一点点萎缩破败，连井也只剩下一口了。

翻史料一查，葛焕其实不过一个儒林郎，六品，官不大，

葛家大院外

俸禄也有限，他哪来这么多的钱购下如此豪宅？据说除了因为他们祖上出过不少进士、举人，纷纷在外为官之外，更重要的是还出过一位大盐商，脑子好用，手段精明，挣得盆满钵满。这位盐商叫什么名字？不知道。葛家原先在光禄坊仓角头建有一座葛氏祠堂，里头供奉着祖先牌位，也修过族谱，这与当地人并无二致。可惜在"十年动乱"中族谱烧掉了，而祠堂则被推倒建了小学。

这条小巷从衣锦坊横穿至文儒坊

至于那座康靖王的陵墓，非常遗憾，葛家人最终也没有将它守住，那里，现在同样被一所小学所取代了。

年长一些的人还记得，国王的陵墓前有石翁仲、石马、石羊等等，分别排列陵墓两侧，相当气派。石人穿明朝朝服，

七星井还留一二

文武各一，还立有石碑一座，上面写着字，字如蝌蚪，却是他们完全看不懂的——难道是古麻剌朗国的文字？

解放初期，福州市曾组织文物考古人员来勘访，试图找到墓地。海外也有一些专家先后来函查找康靖王墓地，然而，至今仍是失望。

一个外国人，匆匆地来，匆匆地死，怎能苛求历史的皱褶里能够更多地将他的痕迹刻入？唯余星星点点的记忆淡淡弥漫着。

也许，五六百年的烟火散尽之后，长眠这块土地下的幹剌义亦敦奔，他的灵魂，早已随着万里清风，飘回遥远的故国了。

但愿他安息。

来自最底层

与黄巷相对的，是衣锦坊。

衣锦坊是因为宋宣和年间的陆蕴、陆藻和南宋淳熙年间的王益祥而名声在外的。陆蕴是福州知州，陆藻是泉州知州，兄弟俩各自奔波宦海，多年没聚首，终于相会于故乡，彼此相看，官相福相不分伯仲，一高兴，便将居住地取名"棣锦坊"。后来进士出身的江东提刑王益祥仕归居此，又索性将巷名改成了"衣锦坊"。他们有权有势，的确可以得意洋洋地衣锦返乡。而衣锦坊三十一号的欧阳家，却是另一番情形。

房子不是在欧阳氏手中诞生的，建造它的是一位盐商，不是建一座房，而是建一片，几个院落如云相连，蔚为壮观，那是乾隆十五年，即1750年的事了。据说盐商姓郑，名字不详，没有人说得上了。曾经那么风盛一时，纸醉金迷，荣华富贵享不尽，家族却日日衰败如清冽秋风中的枯叶。到了1890年，皇帝已经换了五位，轮到那个可怜巴巴的光绪尴尬坐在龙椅上，终日郁郁寡欢时，欧阳家的人来了，做起其中一个院落的主人。

家族发迹于一个叫欧阳宾的人。

欧阳宾，号寿荪，闽侯县竹岐乡人。闽侯县是现在的叫法，那时竹岐乡属侯官县。欧阳宾的父亲靠给财主打长工养活一家人，该财主在福州开有一家钱庄，见他老实厚道为人本分，就把他派到城里替钱庄看门。欧阳宾和两个弟弟于是跟到城里，近水楼台，索性都进了钱庄当起学徒，学做生意。本领渐渐长进，日子也慢慢开始滋润，腰包中终于有几文小钱叮当作响时，心便随之膨胀了。若干年后，欧阳宾当起老板，自己也开起一家钱庄。这个过程现在叙述起来云淡风轻，但欧阳一家的跋涉必定是艰辛曲折的，腰带得勒紧，四肢得勤快，额上滚下的汗珠才能一滴滴结结实实在地上砸成白花花的银子。

买房子时，父亲已经去世，大弟菊珊也夭折，仅剩兄弟二人：大哥欧阳宾和二弟欧阳玖。兄弟二人掏尽腰包所有，合力在衣锦坊购下这座屋，房契上的户主是欧阳宾。共费了多少银两呢？没有记载。房子有多少面积？一千一百多平方米。不小了，知足了。乡下一个小长工的儿子，居然住进这样的街区，他们长吁一口气，又惊又喜得几近难以置信，连梦里估计都要吃吃笑出声了。

几年后，利用钱庄的流动资金，欧阳宾又相继在南街和仓山大岑岭开了两家屈臣氏药房——这是福州最早的西药房。接着，德记水果行、新太记百货店、小桥头新泰铁行等也陆续开张。很不错，欧阳宾

水榭戏台外

非常知足，常常在子孙绕膝中，颇有成就感地搬一张椅子端坐厅堂，燃一根烟，饮几口茶，日渐黯然下去的眼睛四下梭巡，这时候门头那道厚达八十厘米的鞍形风火墙就会赫然进入眼帘。

墙当年修筑时据说曾灌进大量的糯米浆，所以十分坚固，至今森然高耸。而墙上方，曾有一组形象非常生动的雕像：左右两边是两轮月亮，月亮中左是"吴刚伐桂"，右是"嫦娥奔月"，中间一长溜，则是一组《西厢记》的人物造型。张生多情，莺莺妩媚，红娘伶俐。欧阳宾津津有味地将上面的故事描述一番，说得非常陶醉，子孙则听得相当入迷，门外大树上蝉鸣与坊外隐约传来的犬吠声成了最好的背景音响。

说完墙上的故事，欧阳宾的目光意犹未尽地往下移，移到了第二重石框上两扇沉甸甸的大门上，他几乎是不无炫耀地伸手一指，然后就夸起这扇坚硬厚实的铁丝木大门是如何如何了不得，连烈焰都奈何不了它啊。木头还能不怕火？

我们家的木头门就是不怕！老爷子说过故事夸过大门后心满意足地打起呵欠，由丫鬟女眷前呼后拥着回后花厅那间大屋歇息去了。他刚走，这边火就真点起来了，用木块、碎布点着，搁到大门下呼呼燃着。木块碎布很快成灰烬，而大门却仍然纹丝不动。再拿木块再拿碎布，而且沾上了油。火腾空而起，火光摇曳中出现了欧阳宾大惊失色的脸。这还了得这还了得，我的天哪！家丁仆人手忙脚乱地泼水扑打终于弄灭了大火，细一看，烧起来的也仍然只是木块与碎布，大门无恙。

他曾经失去过这座房子，那种锥心之痛永生都不可能忘记：因为一些连现在欧阳家的人都已经不甚了然的原因，民国初期钱庄倒闭，欠了一屁股债，房子不得不典当出去，一家人到安泰桥附近租几间小房子苟且对付。三年后，烟台海军学校毕业的四儿子欧阳勣已经是欧阳大院外海军"海容"号的舰长了，是他倾囊付出五千大洋才把这幢大屋赎回来的。得而复失，失而复得，多

欧阳大院外

了这一份辛苦波折后，房子的分量也顿时不同寻常了。多亏了这个四儿子啊。

欧阳宾娶过一妻二妾，生下十四个儿子、二个女儿。一千多平方米的房子容得下这一大堆人吗？况且还有二弟欧阳玖一家。

大岑岭屈臣氏药房开张后，很快就在店后购下一座院子，兄弟俩携手走了这么久，也该有一个新的开端了。分家吧，1930年，欧阳玖搬到大岑岭居住，衣锦坊的房子则全归欧阳宾。

欧阳宾颤颤巍巍地迈动蹒跚老步，他的腿已跨不过那二三十厘米高的门槛了。手在厢房的窗子上抚过，在书房的壁板漏花上抚过，在客房八扇大门上抚过，都是用楠木、红木细细嵌镶雕琢而成的，客房的八扇大门上甚至还镶入一百多幅由黄杨木树根雕刻的花鸟图案，可以随意拆卸下来清洁除尘，想得多周到，工制得又多细腻。房子虽不是亲手建造，但在一年又一年细致用心的翻修维护中，他的汗水已经渗进这里的一柱一板一砖一石了，他不能不留恋。

厅堂后有一扇不足半米宽的小门，是通往另外一户人家的，走过去，就是伪满洲国总理郑孝胥的家了。

毫不相干的两房人家，为什么留一道相通的门？

福建多山多林，木材资源丰富，即使是大户人家的房子，以前多是木构建筑。木头房火灾是大敌，两家留一道门，原来是为了防火，一旦发生不测，彼此可多一条逃生的路。

然而与房子相比，人的生命毕竟更脆弱。民国十五年，欧阳宾去世了。临终前，他执意做了一件事：给十四个儿子一一指定了居住的房间。

而且，他留下话：房子只许住，不许租，更不许卖。

他的后人记住了这句话。除解放初期厅堂曾成为省军区被服加工厂车间外，其余的时间里，没有任何一个外人被安顿到屋檐下。

总面积六百六十一亩的三坊七巷，明清时期曾拥有高宅大院一千多座，岁月的摧残下，如今仅剩两百多座了，在它们中，欧阳家是特别的，特

衣锦坊水榭戏台

别在于它被保护得最为完好。

从社会最底层一步一步艰难跋涉而来的欧阳氏，自始至终都是小心翼翼的，小心翼翼做人，小心翼翼做生意，小心翼翼维护这个家。黄巷葛氏家族天生的贵族气，他们没有；宫巷家底殷实的刘家，他们望尘莫及。三坊七巷中还有数不清的名门望族，他们也丝毫不敢攀比。每每从黄巷、宫巷或者其他坊巷走过时，欧阳宾是什么心情呢——是自卑、羡慕、不甘，还是仅仅为好歹能与他们为邻而欣喜不已？只有天知道。

衣锦坊欧阳花厅

宫巷重修前

那么那么幽长的宫巷

一

宫巷有"宫"吗?

现在没有,以前却是有的。不是皇家宫殿,而是一座道观紫极宫。"宫"不大,香火却相当旺,门前立一对姿态优美的石麒麟。传说每至夜间,麒麟就活了,会外出闲逛,进东家门西家院,惹出很多故事。后来宫被拆,建起了小学,石麒麟不知去向。

三百零九米,这是宫巷的长度,如果让飞人刘翔从这一头跑到那一头,估计也仅需二三十秒的时间吧。在三坊七巷中,它的长度并不列首位,却保留着最雍容的姿态,虽然有些艰难,但毕竟骨子里是华贵的。

这条两三米宽的小巷两旁,如今仍耸立有明代建筑物六座、清代建筑物十三座,其中面积在一千平方米以上的,竟还有十来座。在一座又一座比赛似的用钢筋水泥急匆匆建起高楼大厦的城市中,还能找出多少与之相似的散发着浓厚人文气息的幽幽小巷呢?1936年,客居福州的郁达夫,对这条巷子有如下印象:"走过宫巷,见毗连的大宅,都是钟鸣鼎食之家……两旁进士匾额,多如市上招牌,大约也是风水好的缘故。"

有趣的是,林则徐三个女婿家都在宫巷,大女儿林尘谭嫁刘齐衔,二女儿林普晴嫁沈葆桢,三女儿林诗镇嫁郑保中。沈家与郑家相对,刘家与沈家相邻,中间,夹一座约三千平方米的大房子,明末时曾是唐王朱聿健在福州称帝时的大理寺衙门,也是明清两代全城最大的一座豪宅,后来,房子的主人改为林聪彝,也就是林则徐的三儿子,历任内阁中书、六部主事、六部员外郎、署浙江按察使、嘉湖海防兵备道等职,还曾随林则徐流戍伊犁,协助父亲在新疆勘田垦务、推广"坎儿井"等。姐夫、小舅子相邻而居,温馨的亲情弥漫在宫巷这几栋深宅大院之间。

刘 家 大 院

林则徐为什么要将长女林尘谭许配给刘齐衔呢？

林家的金枝玉叶，知书达礼，百媚千娇，养在深闺顾盼流连了十几年，1837年，即道光十七年嫁入刘家，成了刘齐衔的妻子。那时候刘齐衔还未发达，仅是一介书生吧，四年后，也即道光二十一年，他才与其兄刘齐衔同榜中进士。

站在21世纪的天空下望去，1837年的中国大地阴霾正重重叠叠地挤压而来，整个国家像一张发黄变脆的旧纸，在寒风中簌簌抖动，随时可能被撕成碎片。西方列强急不可耐地张着血盆大口来了，仅英国，就已经有超过三万箱的鸦片涌进来。真让人忧心如焚啊。"若犹泄泄视之，是使数十年后，中原几无可以御敌之兵，且无可以充饷之银。"每每想

及，林则徐总要"股怵"。

也正在那一年二月，林则徐被道光帝召见，任命为湖广总督，就个人仕途而言，竟是前所未有的春风得意。此时，他为什么肯将心爱的长女嫁给家境贫寒的刘齐衔？

禁烟禁毒，国事山一样沉甸甸地搁在眼前，令林则徐气愤难平也斗志弥坚，而家事，他又怎么能甩手不管呢？作为"开眼看世界第一人"，他的眼角余光也看到了勤勉好学的刘家子弟刘齐衔。

1841年，即林则徐把女儿嫁进刘家的第四年，刘齐衔果然不负所望，与他的哥哥刘齐衔一道考中进士。

接下去，户部主事、湖北德安知府、西督粮道陕西布政使又兼按察使、浙江按察使署布政使、河南巡抚，这是后来

二十多年的时间里刘齐衔历任的官位。林则徐确实没看走眼，虽然国力每况愈下，末世皇朝日显衰败枯萎之象，刘齐衔的仕途前程却绸缎般徐徐铺展了。

宫巷十四号房，就是在刘齐衔为官之后才购下的，被戏称为"刘半街"。他的哥哥则在光禄坊购下十至十三号四座大院，据说有五千多平方米，前后五进，差不多将半个坊都占去了，气派得令人瞠目结舌。"一胞两进士"之后，又一起不同凡响地置房购屋，刘家两兄弟当年吸引了多少羡慕的眼光啊。

不过，更让人羡慕的不是兄弟二人，而是他们的后人。

刘齐衔育有七个儿子，1890年在广州为官的大儿子刘学慰与在家的大弟刘学恂合资创办过一家糖厂，却很快就因管理不善及技术落后停办了。接着在1893年，他们再开设一家纸行，又被一场大火焚毁。

儿子辈不行，轮到孙子辈施展才华了。

刘崇佑，刘学恂的长子，刘齐衔的长孙，清光绪甲午科举人，后进入日本早稻田大学。就是从他开始，刘家接连两代人，几乎全部漂洋过海去日本、美国、德国留学。在那年那月，这样非同一般的求学经历会给刘家带来什么已经不言自明了，新知识、新思维与新的生存方式渗进刘氏家族的血液中，他们眼前一下子豁亮开阔了。

林、刘、沈、郑几家亲戚在上海

林、刘、沈、郑几家女眷在上海

日本从19世纪60年代起兴起"明治维新"，全力推行各个领域的变革，使小小的日本国进入高速发展时期。曾留学日本的刘家子弟，目睹了邻国日日蓬勃，心底也不免痒痒了。1910年，这群穿过洋装喝过洋墨水的青年，以爷爷刘齐衔留下的银两为基础，一口气将一年前刚开办就因资金不足、设备残缺而难以为继的耀华电灯公司买下了。

"电光刘"，现在福州已经很少人知道这个称呼了，在当时，却几乎全城皆知。

有一组数据现在看来十分珍贵：

1911年10月，福州电气公司用户数为二百三十四，电灯盏数为二千九百九十八；

1912年7月，用户数为九百一十二，电灯盏数为八千四百三十七；

1917年用户数为七千一百九十，电灯盏数为三万五千零七十三；

1924年用户数为一万一千七百四十三，电灯盏数为六万四千九百五十三；

1927年发电量两千五百千瓦，工人八百多人，固定资产二百二十万元，年纯利达十五万元……

说它珍贵是因为近百年前，一家私营企业就已经有非常规范化的年报表，用户多少，盏数多少，发电容量多少，发电总度数多少，电费收入多少，收入支出及纯利多少等等等等，一切都如此详尽有序地

光禄坊刘家大院

陈列出来，并且妥善保存了下来。数字是沉默的，数字又是无所不言的，透过那一份份发黄的表格，我们看到一家企业有力的管理与有序的运转，那是在20世纪20年代啊。

电灯把福州城照亮了。灯光自然最早在刘家大院熠熠闪耀，照着雕花的窗子，照着曲线优美的风火墙，并从门缝中漏出，投到了宫巷幽静的沙包土路面上，投到往来行人好奇兴奋的脸上。

在电气公司轰动一时之后，刘家马上又把目光投向另一个相当诱人的项目上：电话。

1876年，英国人贝尔在美国专局申请了电话专利权，之后，这个人与人之间最便利的沟通交流工具就在全世界蔓延开来。1882年2月21日，丹麦大北电报公司就在上海开通了第一个人工电话交换所，当时用户只有二十多家。

福州的电话最早出现在1897年，在全国属较早有电话的城市。但与当时的上海、北京一样，也是由外国人置办的磁石式交换机一部，在各国领事、主要洋行以及若干洋人住宅间通话。1904年，闽浙总督衙门置备三部磁石式交换机，

1911 年福州电气公司仓山办事处

1940 年春节福州电器股份公司与电话公司负责人合影

容量共一百门，属内部小总机性质，仅供官府使用。1912 年，官办的电话被私人接管了，成立了福建电话股份有限公司，控股者仍然是刘氏家族。

两百，这是福州市民最初的电话用户数，1921 年增至六百部，1929 年购买回一千五百门美国制造的史端乔自动交换机后，用户上升到一千一百户。小小一个话匣子，竟可以将千里之遥的声音真实传递过来？刘家的大门外，应该总断不了张着疑惑双眼探头探脑的人吧。他们看到了什么？看到满脸红光神采飞扬的刘家男人进进出出，他们连背影都是意气风发的。

电铁工厂、玻璃厂、制冰厂、油厂、锯木厂、梨山煤矿公司、刘正记轮船行、天泉钱庄、数家典当行等等，刘家创办或参与投资的企业达十二家之多，几年间接二连三锣鼓喧天地开张，这在当时的福州，与爆开一枚枚炸弹应该无异。

南街花巷口原先是刘家开设的天泉钱庄所在地，所发行的信用流通券据说在福州市面上的信用度，甚至一度超过国家银行所发行的纸币，不仅在市内可以流通，市区周围的几个县也都可通用，单凭这一点，就可以想象得出天泉钱庄的兴旺景象。银子像潮水一样滚进宫巷，滚进宫巷的刘家。

他们成为当时福州的首富。

20世纪30年代初期，电气公司设立了农村电化部，还在洪山桥科贡农村设电气化农场，并架设总长22.6公里的33千伏输电线路，开始向长乐连炳港送电，灌溉五万亩农田。福州至长乐，一条宽阔的乌龙江横亘其间，便在两岸建高54.9米的铁塔，电线从这一头到那一头横跨江面730米。很容易吗？以今天的科学技术一点都不难，但在当时，在20世纪30年代，它是全国过江跨度最大的一条电线工程。1941年，日军从长乐登陆，入侵福州，这一条水电设备也没有逃过魔掌，被一把毁掉，从此失去生机。从1934到1941年，高耸的铁塔与在头顶线面般丝丝越过的电线成为时尚一景，让过往的福州人看到现代工业迷人的一角。

刘齐衔的孙子中，最杰出的是刘崇佑和刘崇伦。

刘崇佑几乎不插手家族的商业活动，他热衷于另外的事。1911年3月，他与林徽因的父亲林长民一起创办了福建私立法政学堂，那是全中国三所最早的私立法政大学之一，他任董事长，林长民任监督，即校长。但是，真正让他扬名的不是办教育，也不是当福建省谘议局副议长，而是后来所从事的律师这个职业。在日本，他学的就是法律，真心所爱的也是这个职业。仕途本

1911年福州电器公司建成的蒸汽发电机组

来挺看好，教育也办得有模有样，突然之间，他反过身来，竟又成了名噪一时的大律师。

有两起重大的历史事件跟他有关。

五四运动爆发后，福州人抑制日货特别起劲，日本驻华大使就说过："闽仇日最烈。"1919年11月16日，日本"敢死队"六七十人在台江用刀棍砍杀青年学生及上前劝阻的市民，进行报复，这就是震惊中外的"台江事件"。很快，学生罢课、商店罢市先在福州展开，接着全国纷纷响应。周恩来那时还是天津的学生会领袖，带头游行、抵制日货，又同四位学生代表一起到直隶省公署请愿，被逮捕。学联于是聘刘崇佑为律师。周恩来出狱后，被推荐赴欧留学，刘崇佑还赠予五百银圆作为路费。

第二件是1936年"七君子案"发生后，刘崇佑作为律师之一，长髯垂胸、慷慨激昂地登上了辩护席。"国家到了今天的地步，做中国人，有哪一个不要救国？救国是一种义务，也是神圣的权利。"他的话声若洪钟，每一句都咚咚作响，余音绕梁不绝。

1942年9月，他在上海病逝，没有回到福州，没有回到宫巷，没有回到刘家大院，但他以自己的功业替刘家增添了一份光彩。据说1957年11月，周恩来还亲往上海看望了他年迈的夫人，对此，九泉之下，他应该感到欣慰的。

而刘崇伦走的路却与他

刘家合影

20世纪30年代福州电气公司办公楼及发电厂房

大哥大相径庭。其他兄弟去留洋学的大都是法律，只有他不同，进入东京高等工业学校电气工程专业，刘家兴办电气公司与他有着非常直接的关系。1927年，四十一岁的刘崇伦全盘接手了整个家族企业。行走在二三十年代还相当狭隘的福州街头，宏大的理想壮志总是令这个身材不高却眉清目秀的刘家子弟目光如炬、步履铿锵。

然而，刘崇伦仅活了五十一岁。

一个腰缠万贯日理万机的富商，时间对他来说真正可以与金钱画起等号来，即使是年轻美貌的爱妾被公司中一个外籍职工诱走，他也仅挥挥手不去顾及。可是有一天他却从波涛般滚滚而来的金钱中抬起了头，他看到了什么？看到日本、那块他曾经学习生活过的土地上，已经有人、很多人龇牙咧嘴地磨刀霍霍了。

1927年，日本首相兼外相田中义一提出过一个极其卑鄙无耻的"满蒙积极政策"，即"田中奏折"，其主要内容就是阐述侵略中国的方针策略：要"征服"的目标第一步是台湾，第二步是朝鲜，第三步是满蒙，第四步是全中国，第五步是全世界。"欲征服中国，必先征服满蒙；欲征服世界，必先征服中国"。

第二年，即1928年，一个叫蔡智堪的台湾人以补册工人身份进入日本皇宫书库，在整理书库时，偶然看到这个"田中奏折"，便偷偷将其抄录下来，然后分数次寄回中国，交张学良转国民政府。之后，奏折内容在南京出版的《时事月报》一卷二期刊出，举国震惊。

刘崇伦同样是震惊的。"九一八"前夕，他终于也获知"田中奏折"了，仔细一看，毛骨悚然，一身冷汗。太可怕了，居然是这样的狼子野心！《时事月报》读到的人毕竟有限，应该让更多的人知道真相！中国不能蒙在鼓里，得尽快醒来，每个人都应该"知暴敌侵略之将至"！于是他急急托上海印刷局复印多册，秘密散发，谁知竟因此惹下了大祸。1937年抗战爆发后不久，刘崇伦去台江博爱医院割痔疮后回家途中被绑架，继而被杀害。葬尸何处？至今不知。

其实还有一个刘家的子弟也死在日本人手里。刘崇佺，刘学恂最小的儿子，十三岁就去了日本，后又去美国飞行学校学飞行与发动机制造。抗战爆发后，他没有听从劝阻躲避在家，而是认定"吾之生命，当有所偿而付诸国家耳"。1938年8月24日，他驾驶的民航机从香港飞成都，在广州上空遭日机围攻，被击中落入水中，当场献身，年仅三十八岁。

最鼎盛的时候，刘家把周围的两三座房子都买下了，连成一片，十分壮观，细细算来共有八进。但现在，却仅剩两进老屋残留在老巷里了，面积880平方米。而刘齐衔的哥哥刘齐衢买在光禄坊的房子也早已零落，1986年改建新村时，更彻底将一百多楹木抱柱和三百多条大青石板拆下，卖给了西禅寺。

岁月不能吞噬的是高墙的伟岸、薄窗的灵秀。前尘往事滔滔不绝地流逝，只有花厅小池里那些肥硕的红鱼一如既往地神闲气定。当年雄姿英发的刘家子弟可曾偷闲凭栏，俯视过诗情画意的这一幕？问鱼，鱼不语。

田中义一

沈 家 大 院

宫巷十一号大厝不是最早落脚三坊七巷中的，它建成于明天启年间。

明朝时能够在这样的地方以大手笔破土兴修起这样一座大房子的人，绝非等闲之辈。他究竟是谁呢？现在已经无从考证。1855年房子换了一位新主人，就是沈葆桢。

沈葆桢十九岁中举人，二十七岁中进士，三十五岁任九江知府，四十一岁任江西巡抚，四十六岁任福建船政大臣，五十五岁任两江总督兼南洋通商大臣。

宫巷十一号就是他在江西九江知府任上时购下的，面积达一千五百平方米，包括门头房在内共有五进，第二、三进均有七柱五间排，布局严谨，装饰富丽。

沈葆桢的母亲林蕙芳是林则徐的六妹，妻子林普晴则是林则徐的二女儿，沈林两家的关系由此交织开来。沈家在宫巷，林则徐母亲的娘家在文儒坊，林则徐家先是在左司营，即今天福州湖东路，后迁居文藻，即现在的鼓西文化路，离三坊七巷都不远，彼此其实是乡邻，知根知底，要串门抬抬脚也就到了。

沈葆桢十一岁那年，父亲沈廷枫好不容易中了举人，紧接着赴京应礼部试时，曾把沈葆桢带上，不是带到京城，而是带到南京，此时林则徐正在那里担任江宁布政使。沈廷枫把儿子留在南京，然后独自北上应试，未中，返家时又拐到林则徐那里将沈葆桢带回。

林则徐决定将次女林普晴许配沈葆桢大约跟这次沈葆桢在南京的短暂逗留有关吧？

沈葆桢与林普晴画像

因为亲事就是在第二年定下来的，七年后完婚。这不好，姑子舅女，非常典型的近亲结婚，但这样的联姻方式却是旧时代的人相当感兴趣的，美其名曰：亲上加亲。不过，林则徐生有三女，林蕙芳育有四子，结亲的毕竟也仅有这一对，看来林则徐对沈葆桢还是有偏爱。究竟喜欢他什么呢？从他几张画像上看，沈葆桢长相平平，其貌不扬，而且个子偏矮，身子单薄，实在不过如此，据说小时候还非常多病，"屡濒于危"。若非聪颖机灵过人，又怎么能让林则徐看上眼？

据说购下宫巷这幢大房时沈葆桢腰包并不宽裕，甚至四处借债才把房款凑齐。之所以这么辛苦还要买房，是为了让家眷有个好住处，至于自己，

因为远在江西任职，他相信并不会有太多的时光可以躲进屋檐下悠然看日出月落。

没有想到，后来情况突变。

清同治四年，即1865年的三月初一，接报母亲生病，于是他"卸篆三个月"日夜兼程赶回福州探望，可是十六日到家时，才知道母亲已经在数日前逝去了，于是他干脆将省亲假报请改为奔丧假，在宫巷家中"丁忧"。

19世纪60年代的中国，黑暗而沉重。1840年第一次鸦片战争爆发，1856年第二次鸦片战争爆发。西方列强用坚船利炮把我们国门轰开，割地、赔款，丧权辱国的条约接连签订。1860年，英法联军兵临北京城，咸丰皇帝逃往热河，并因病逝而一去不返，引发全国震动。中华民族到了最危险的时刻，痛定思痛，只有自强才能自救，于是一场以学习西方练兵制器、科学技术和生产方式为主要内容的洋务运动开始了。

林聪彝故居

沈葆桢遗墨

以恭亲王奕䜣为首，曾国藩、李鸿章、左宗棠等主要实权人物联手，形成标榜"富国强兵"的洋务派集团。1866年5月，也即沈葆桢在家"丁忧"一年多后，闽浙总督左宗棠上疏朝廷，建议在福州设立船政，开厂造船。"欲防海之害而收其利，非整顿水师不可，非设局监造轮船不可"。二十天后，朝廷倒是很快准旨了。但此时陕西、甘肃、新疆等地的回民起义显然更令垂帘听政的老佛爷慈禧头疼，八月，就调左宗棠前去镇压，任陕甘总督。这一走，刚刚成立的船政如何是好？八字还没一撇哩。

朝廷原打算让继任闽浙总督的吴棠接办，但左宗棠对此人放心不下，他想到了沈葆桢。

从十九岁中举人起，一条红地毯早早就在沈葆桢眼前顺理成章地铺出了。被选为庶吉士、授翰林院编修、江南道监察御史、江西广信（今上饶）知府等等，一路都风调雨顺。1861年他出任江西巡抚，是由曾国藩推荐的。这个官可不小，地位虽略次于总督，却可以与总督一起并称为"封疆大吏"，掌一省财政、民政、吏治、刑狱、军政，最重要的部门几乎都管尽了。虽然他的舅舅兼老丈人是林则徐，却也无论如何算不得"皇亲国戚"，而且林则徐已经被革去四品卿衔、从重发往新疆伊犁"效力赎罪"了几年，1845年才被召回，署陕甘总督，接着虽继续为官，又任陕西巡抚、云贵总督，但1850年，在赴任钦差大臣兼署广西巡抚的途中，林则徐就病死于广东潮州了，那一年沈葆桢也不过三十岁。实在没有谁可以成为他的"天线"和"后台"，他在宦海中单枪匹马闯荡，并且能够步步高升，其能力与魄力应该都没什么可怀疑的。

左宗棠与沈葆桢是老熟人了，曾一同在曾国藩麾下协力作战过，对彼此的能力、眼界知根知底。而且，左宗棠知道，林则徐等人早在若干年前就提出"师夷长技"的想法，认为"制炮必求极利，造船必求极坚"，虽被道光帝斥为"一派胡言"，在沈葆桢内心深处却是认同的。

左宗棠走进宫巷找沈葆桢了，不是来一次，而是一连来三次。"三顾茅庐"的故事再次上演。一个福州人，一个湖南人，地瓜腔的"官话"与辣椒味的"官话"是如何在沈家大院上空反复飞来荡去的呢？谁也不知道。如果沈葆桢爽快应诺接任船政事务，左宗棠就不必这么麻烦了，偏偏沈葆桢无心于此。

无心的其实不是船政事务，而是官场。母亲死后，朝廷只"赏假一百天治丧"，他却在假期满后请求在籍终制。这期间，他甚至将沈家大院花厅的门打开，弄了一家"一笑来"裱褙肆，替人写对联、团扇、折扇，收些小钱度日。高官厚俸不稀罕，却津津有味地以笔墨为生，并且下决心以此将余生打发掉。

但是左宗棠的决心比他更大。不把船政事务交到一个合适的人手上，左宗棠相信将造船作为"自强求富"方式之一的理想，夭折只是迟早的事。所以，尽管沈葆桢推辞再三，左宗棠还是直接上书向朝廷力荐了。朝廷最后降旨"不准固辞"，到了这个地步，沈葆桢才不得不走马上任。

非我所愿，不称我心，沈葆桢能否把福建船政大臣当好呢？

沈葆桢画像

1866年10月27日，沈葆桢接管船政。11月，在马尾完成购买建厂土地。福建船政主体工程在一百多年前的那个秋天终于全面动工。一个被后人称为"近代中国工业与海军人才摇篮"的地方，在一百三十多年前的那个秋天，终于开始发芽了。

厂怎么办、船怎么造，沈葆桢其实一无所知，搜尽几十年所读诗书，哪有只言片语与造船有关？

还是要"师夷长技以制夷"。沈葆桢延续左宗棠的做法，高薪聘用法国人日意格和德克碑为任期五年的船政正副监督，负责主持造船管理，并由他们两人代雇三十九名技术员来华。之后，陆续聘来的洋员洋匠达到五十二名，他们分别担任监工、矿师、绘图员、书记、匠首、教习等职，在当时全国洋务工厂中是聘请洋人最多的。"高薪"到什么程度？船政监督法国人日意格和副监督德克碑月薪一千两白银，比沈葆桢还多四百两。其他的外国员匠月薪平均也有三百两左右。不这样不行，"外国教习，非厚给薪水，亦无人愿来充当"。同时，急需的造船材料也源源不断地从国外大量购

左宗棠

进。洋技术加洋材料，马尾船政一下子就站在非常高的起点上了。

不过聘请洋人肯定不是长久之计，尽快将自己的人才培养起来，才是至关重要的。

船厂在马尾破土动工的同时，也即在1866年11月，一百零五名学童被招进"求是堂艺局"。校舍未建好，就急匆匆在福州于山白塔寺内开学了。人才的培养需要一个过程，而这个过程压得越短越好。

第二年五月，求是堂艺局迁到马尾新建成的校舍内，

打开这扇门，沈葆桢开起"一笑来"裱褙店

1871 年 6 月在马尾船政轮机车间
制造出我国第一台蒸气机

马尾船政工厂

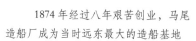

1874 年经过八年艰苦创业，马尾
造船厂成为当时远东最大的造船基地

当年的福州马尾港

改名为船政学堂，分设了前、后两学堂。前学堂学制造，外语用法文，另设蒸汽机制造与船体制造两个专业；后学堂外语用英文，设驾驶和管轮两个专业。两个月后，又增开算术、几何、代数、地理、航海、天文气象、航海数学等科目。

前后两学堂招生是不定期的，每次招生人数定额，有点边办边摸索的意味。后来根据需要增设了绘事院、艺圃。到 1872 年前后，"艺童徒"即学生总数已达到三百名。沈葆桢对这些孩子要求非常严格，入学亲自挑选，入学后每三个月考试一次，"一等者，赏洋银十元，二等者无赏无罚，三等者记惰一次"。"两次连考三等者戒责，三次连考三等者斥出"，而三次连考一等的，除照章奖赏外，另外还赏衣料，以示鼓励。

"船政根本，在于学堂"，不培养出一批中国自己的制造与航海人才，一切依赖洋人，

马尾船政正监督法国人日意格

又怎么谈得上"自强富国"？让兴厂与办学同时进行，正是"旨在十几年后，人才蒸蒸，无求于西人"。那些精心挑选出来的少年学子，都是重振山河的希望所在啊。

1869 年 6 月 10 日，"万年清"号兵商船下水，船长 23.8 丈，1370 吨，580 马力，时速十海里。这是马尾船政造出的第一艘船！船虽然是在洋工匠指导下造出的，但下水试航时，沈葆桢却决定全部用中国人来驾驶。总监工达士博是法国人，他因此很不高兴，脸拉得很长，极力要求用"洋人引港"，还煽动洋匠罢工等等，弄出不少花招。沈葆桢冷眼旁观，根本不为所动。"用洋人而不为洋人所用"，这条底线在他看来是绝不能改变的。8月 13 日，"万年清"由中国轮船管驾贝锦泉从闽江口驶出大海，风里浪里一番考验，顺利完成了试航。沈葆桢很满意，称赞那些担任掌舵、管轮、炮手、水手的中国人"亦尚进退合度"。

沈葆桢留下来的画像上，大都板着一张脸，冷峻、肃穆、不苟言笑。但站在罗星塔下，忐忑不安地翘首眺望"万年清"远去，又欣喜若狂地盼到它顺利归来时，他一定仰起头，迎着阳光酣畅地笑了，笑得眼中泪花闪动。这是我们自己的船啊！回过头来，他又立即沉下脸来，当机立断解除了带头闹事的达士博的总监工职务，并把他辞退回国。

之后的八年，沈葆桢在船政大臣任上共造出了五艘商船和十一艘兵舰。中国工人自制的 150 匹马力的船用蒸汽机，在前来参观的英国军官寿尔的眼中，其"技艺和最后的细工可以和我们英国的机械工厂的任何出品相媲美而无愧色"了。而船厂也由最初面积两百亩，发展到六百多亩，拥有三十多个厂、所，包括造船、驾驶、学堂等，工人达三千多人，其规模在当时是远东规模最大的新型造船厂。这个造船厂所生产出来的轮船，后来装备起中国第一代海军舰队。

宫巷

有了船，还要有一流的人才。1873年，沈葆桢以船政大臣的名义，向朝廷提议选派前后学堂学员分赴法英两国深造，培养中国造船业高层次的工程技术人员和熟悉西方国家的海军军官，以建设和巩固中国海防。但是此时，一海之隔的台湾起了风波，这事被耽搁了下来。

明治维新后，地小物稀的日本也做起强国梦。

谁都希望自己的国家强大，这无可厚非，可是日本人的眼睛总是闪着绿光盯住别人碗里，这就不地道了。1874年5月，十一艘船舰载着三千五百名日本兵开到台湾，一来就杀人抢物，而那时"台地千余里竟无一炮"。清政府不知如何是好，慌忙让沈葆桢"以巡阅为名，前往台湾生番一带察看，不动声色，相机筹办"。

沈葆桢率一些兵弁去了，回来后将所见所闻如实禀报。很快，朝廷又正式任命沈葆桢为钦差办理台湾等处海防。这次不是升官加爵，而是赴国难，沈葆桢没有推辞。他部署"福星""扬武""靖远""振威"等船或泊台湾、澎湖，或游弋于海上。看一看吧，中国人已经有自己制造的兵舰！然后，6月14日他又一次带着一批将士东渡台湾。

台湾海峡是沈葆桢一生中唯一经历的大海吧？六月的阳光毒辣辣地刺人，有知了在树丛中商女般浑然欢唱着。走

宫巷

台南二鲲身炮台，沈葆桢所题"亿载金城"四个字至今犹存

出宫巷沈家大院时，他身子有些佝偻，步履有些蹒跚，削瘦的背影落满了无数担忧与牵挂的目光。已经五十四岁了，他那多病之躯可堪那万顷惊涛骇浪的颠簸折磨？

可是，到了台湾，他是精神抖擞的。"联外交、储利器、储人才、通消息"他提出了四项对策。侵略者也不过三千五百人，无根无基，还不适应台湾的气候。只要我们把自己武装强大起来，他们便内外交困了。

调兵遣将、发动民众、构筑工事，可指挥的兵力很快就达到了一万多人，从内陆派出的精锐洋枪队也抵达了，武力不在敌方之下，人数更是远远超过他们。打吧，中国成了一块谁都可以来啃的肥肉，这口恶气也该出一出了。沈葆桢给李鸿章写信说：就是"裹革而归，于心慰矣"。可是没有人支持他，得了软骨病的朝廷怕得罪日本。9月12日，沈葆桢在奏折中写道："臣等之汲汲于备者，非为台湾一战计，实为海疆全局计，愿国家无惜目前之钜费，以杜后患于未形。彼见我无隙可乘，自必贴耳而去。但宽其称兵之咎，已足见朝廷逾格之恩，倘妄肆要求，伏恳我皇上坚持定见以却之。"片纸尺牍间渗透的都是一位老臣的泣血之言。然而，就是这样愿肝脑涂地、抛血捐躯献出的忠诚也没有把朝廷打动。10月31日，中日《北京专约》还是匆匆签订了，竟又赔给日本五十万两银子！这件事令沈葆桢久久痛心，当然他只敢自责："倭奴提心吊胆而来，养欲给求而去。"身为受命巡台的钦差，让侵略者"未受惩创"，反而得利，这令他"扪心清夜，无地自容"。

12月20日，日军全部退出台湾。

侵略军走了，沈葆桢没有走，他上奏《全台善后事宜并请旨移驻巡抚折》，建议开发台湾。"年来洋务日密，偏重在于东南，台湾海外孤悬，七省以为门户，其关系非轻"。而且"台地向称饶沃，久为异族所垂涎，今虽外夷暂平，旁人仍眈眈相视，未雨绸缪之计，正在期时"。

在朝廷眼中，台湾的确仅是无足轻重的荒僻小岛。康熙廿二年，即1683年，当台湾从郑氏手中收复时，甚至还曾有人主张"迁其人而弃其

沈葆桢在台南倡建了纪念郑成功的"延平郡王祠"

地"。一直到沈葆桢踏上台岛时，所开发的地方还只限于西部平原，东部广大山区依然是草莽之地，仅有土著居民生活在那里。

别人虎视眈眈，我们自己却长期无所用心地放任自流。沈葆桢建议将福建巡抚移到台湾，因为"欲固其险"，必须"先修吏治、营政"。但是福建巡抚不乐意，后来沈葆桢又再次上奏，提议让福建巡抚"冬春驻台，夏秋驻省"，得到朝廷的批准，闽台两地归一个行政长官统管。这一步至关重要，奠定了日后台湾作为一个省份的初步基础。

然后该是一些具体的做法了。

有规划有组织地开垦荒山。到厦门、汕头、香港等地招募百姓，让他们免费乘船来台垦荒，由官方供给口粮及耕牛、农具与种子。"募民随往，与地使耕"，老百姓有饭吃有衣穿，才能安居乐业，这是台湾能够发展的根本所在。长期以来一直严厉实行的种种渡台禁令，在他的奏请下也终于废除，台湾与大陆的交往开始通畅了。

1874年台湾究竟有多少人口？没有找到具体的统计数字，但有1690年的数字：三万人左右。1690年到1874年间海禁一如既往，所以人口的增长也不可能太快。后来的变化就大了，到1892年，竟达到254万人。

调整行政区划，增设郡县。台湾原来只有一个台湾府（今台南）、四个县：台湾、凤山、嘉义、彰化和两个厅：淡水、噶玛兰，辖区太大了，许多地方鞭长莫及，根本没人理睬。光绪元年底，朝廷同意沈葆桢的提议，设立台北府，其他的县、厅也相应做了调整。

整编部队与修构炮台。在天高皇帝远的地方当兵，又没有管理，清兵中就不乏痞棍之徒，勾结土匪、欺凌百姓之类的事都敢做。沈葆桢将内地新式军队调动，重新整编定制，部署到海防要地。没有稳固的防线，"夷"们说来就来，开垦土地发展生产也失去意义。安平炮台，这是1874年开始修建的，修它的目的是为了痛揍日军，结果仗还没打上，朝廷就又用钱跟人家"和解"了。台湾的这个炮台遗址现在还在，1975年，台南出资修整一新，恢复旧观，辟为公园，门额上由沈葆桢亲手题写的"亿载金城"几个大字也油

三坊七巷

沈家大院旁的幽暗小巷

晚年沈葆桢

沈葆桢曾孙沈来秋1914年结婚
时，男傧相之一的陈绍宽（右一）后
来任民国海军部长

沈家大院冰裂纹窗

漆一新，还专门塑一尊沈葆桢的塑像让人敬仰。

此外还修路，设立"番塾"招收高山族子弟入学，以知识"开化"他们；引进洋机器开采煤矿等。一年零十五天，这是沈葆桢在台湾任最高行政长官的日子。一年零十五天的时间即使在他自己的一生中都微不足道，在数千年中华民族悠悠历史长河中更是白驹过隙，但是对于台湾来说，其意义却是极其深远的，这一点，也许连沈葆桢自己当时都未必料到。当然他更不会料到，1895年中日甲午战争后，一个《马关条约》又把他曾苦心经营起来的台湾割给了日本。

如果让他留在台湾一直"钦差"下去，沈葆桢肯定还会兴致勃勃的，但是1875年朝廷要委他以新官衔了：两江总督兼南洋通商大臣。官升了，权大了，俸禄多了，苏、皖、赣，中国最富庶的三个省都在一手掌管之下，重要性仅次于直隶总督，别人梦寐以求、垂涎三尺、绞尽脑汁也不可得，他竟又动了罢官回福州宫巷老家的念头。夫人林普晴已于两年前去世了，家中尚有潘氏、吴氏二妾。一妻二妾共为他生下七子八女，极其庞大的一个

宫巷沈家

宫巷沈葆桢故居

家族。真想歇息在他们之中，含饴弄孙，享受亲情。身体实在太差了，哮喘兼腰背疼痛，不如归去。可是朝廷仍然舍不得他走，"海防要紧，自应迅速到任，以专责成"。他磨磨蹭蹭了五个多月，最后仍然无计可施，只好皱着眉，叹几口气，动身赴江宁。

船政的事，他奏请由北洋帮办大臣、前任江苏巡抚丁日昌接管。担子是卸下了，心其实还一直系在上面。1877年1月13日，他会同直隶总督兼北洋大臣李鸿章联名向清政府重申派遣海军学生赴法英的建议。此次朝廷倒是很快同意了。于是三十八名留学生从船政前后学堂毕业生中挑出，在这一年的3月31日启程出国。这是福建船政派遣的第一批海军留学生，也是中国政府公派的首批赴欧留学的"官费留学生"。

在两江总督位上，沈葆桢待了四年。四年多的时间里他写了六次辞职信，弄到最后连西太后都不得不出面对他"温谕劝慰"一番了。旧中国污秽黑暗的官场中，像他这样视乌纱帽如一块烫手山芋，不厌其烦屡屡递上《吁请辞江督折》之类奏折的人，肯定不会太多吧？

辞职信写归写，公事也还是积极地处理着。发展农业、兴修水利、整顿盐务，至少这三样关系国计民生的大事他做得不错，几次救灾赈灾又让他颇得民心。可是他终于支撑不住了，光绪五年十一月初六，死在了两江总督任上。几天前，他还给朝廷上过一个折，奏请再派一批船政学生到欧洲留学。中国要强壮起来，就必须迅速培养出一大批精兵强将啊，不能再迟疑，也不能再让我们的子弟光会吟诵那些之乎者也了。弥留之际，他让身边的第四子沈瑜庆草拟"遗疏"时，说到的仍然是"铁甲船不可不办，倭人万不可轻视"。

沈葆桢死了，死在异乡，终年五十九岁。虽然灵柩在这一年底千里迢迢运回福州，但他再也不能睁开眼了，再也看不到故乡的山与水，看不到幽深绵长的宫巷，看不到大门两侧高耸着马头墙的沈家大院，看不到自己那间嵌有一道道冰裂纹窗棂的精致卧室了。

但他却可以瞑目了。福建船政从创办至1905年12月停办，共制造兵、商船四十艘，前后学堂毕业生则有六百二十九人，其中一百零六人赴欧留学，陆续回国后，他们成为中国海军的中坚力量。除了邓世昌、刘步蟾、林永升、林泰曾、方伯谦、萨镇冰等一大批著名的海军舰长外，船政学堂的毕业生中还有两个人后来介入另一领域，同样成绩卓著：首批留学生陈季同将中国优秀的古典文学《红楼梦》《聊斋志异》以及礼教书籍译成法文，在巴黎刊行，引起欧洲各界人士注意。另一个同样是首批的留学生严复，则把西方的哲学与社会政治学说系统地介绍到中国。

在沈葆桢长眠地下十七年之后，他的得意门生严复翻译了英国博物学家的《天演论》，"物竞天择、适者生存、弱肉强食、优胜劣败"的进化论观点震动整个中国，并产生极其深远的影响。

黄巷

笔墨文章满坊巷之一

作为三坊七巷中轴的南后街，曾经试馆林立，每逢乡试，各州县员生云集而来，书声琅琅，意气风发，坊巷的每一扇朱门、每一块青石板上，都有墨香点点滴滴浸入。

恰如北京的琉璃厂。

北京琉璃厂位于和平门外，清代各地来京参加科举考试的举人，那时大多集中住在这一带。文人来了，自然纸墨笔砚也跟来，商人嗅到商机，开起书肆，开起笔墨纸砚店，浓郁的文化氛围上下弥漫。而南后街，据说单古旧书店就有二十四家，花灯店更比肩接踵，达数十家之多，绚丽火红，一路绵延而去。清末举人王国瑞在此处游览时，一时兴起，感慨吟出一句"正阳门外琉璃厂，衣锦坊前南后街"。就是这个人，第一次将南后街与琉璃厂类比了起来。

据载，宋代福建共有七千六百零七人中进士，其中有状元二十二位，按人口比例为全国第一；明代福建有两千四百一十人中进士，在全国名列前茅；清代有一千三百三十七人中进士，也高于全国平均水平。他们中各地各处具体分布多少人？现在已经不甚了然了，但有一点可以肯定，从三坊七巷豪门大院走出的，一定占了不小的比例。听老人说，仅仅一条文儒坊，1958年以前，保留下来的"解元""世进士"等纪念金榜题名的御赐牌匾就达十余面之多。

闽地多才子，而近代，三坊七巷更是才子扎堆。当地人说，因为金斗河与安泰河围绕着三坊七巷呈人字形展开，活像一本翻开的书本，所以，这里的子弟格外善于读书。

屋檐下的墨香

　　黄巷三十六号这幢房子得从黄巢说起。

　　一个多么遥远的铁血人物，站在幽静的时间深处，仍然粗粗呼出不羁之气，令今天的我们随手翻开教科书，轻而易举便与之迎面相逢了。

　　中国历史上那些真正能够对封建统治者构成威胁的大规模农民起义，都在别处风起云涌泣血悲歌，地远山高的福建始终像位旁观者，袖着手，耸着肩，就是惊涛狂浪也未必有水花溅湿过来。也有例外，这个慨然高吟着"待到秋来九月八，我花开后百花杀"的黄巢来了，虽然短暂，蜻蜓点水，雁过柳梢，毕竟有足迹留下了。

　　唐乾符五年，即公元878年，私盐贩出身的起义军领袖黄巢率领他的十万大军南下，经江西，转浙江，到福建，再下广州。一千多年前那个风和日丽的阳春三月，黄巢不费多少力气，就让无能的福建观察使韦岫弃城逃遁了。福州城里于是出现了一支奇异的队伍，有点野气，有点不羁，却是生气勃勃活力四溅的。有记载，说该支队伍"焚室庐，杀人如蚁，是时闽地诸州皆没"，又说"城壁公府学校，焚荡几尽"诸如此类，好像不太文明。但又有后人替他辩解，说那是封建统治者的诬蔑，黄巢不错，举止有度，根本不滥杀无辜，所焚毁的大多是官府和寺庙之类的。往事成风，许多是非都难以辨认，不管黄巢是否乱杀人，至少有两件事他办得挺高雅，一直传为美谈：其一在某巷口贴安民告示，让百姓不要惊慌；其二是队伍经过黄璞家时，号令手下"此儒者也，灭

清末福州城一角

炬弗焚”。

兵荒马乱之中，有嘴一时也无法说得太清，白纸黑字，有根有据，"民"当然最容易安下来，这个细节至少说明黄巢还把百姓当回事。老百姓也挺领情，贴告示的那条小巷便从此有了名字：安民巷。

至于让部队灭炬过黄家，细细一想，这事多少还是有点造作的成分。

两千多年前，有着鸿鹄之志的陈胜携同吴广在北方起事，弄出很大声响。让无奈流落闽地的勾践后裔无诸看到一线生机，于是也举师北上，居然"以阻（狙）悍称"，令人挺开眼界的。后来楚汉战争，无诸再次发力，带兵协助刘邦打项羽。究竟帮上多大的忙姑且不论，单这个立场与态度就让人很受用，所以刘邦得到天下后，就"复立无诸为闽越王，王闽中故地，都东冶"。

太不容易了，亡国之君的遗梦残恨终于在后代子孙手中重现出几星光泽。这是公元前202年的事了，无诸于是开始欣欣然地在冶山之麓筑他的冶城，仅巴掌大，位置大约在今省财政厅、钱塘巷一带。前些年福州热热闹闹地纪念建城两千两百周年，纪念的源头就是冶城，它是福州作为城市的最早雏形。

过了两百多年，西晋时期

重修前的安民巷

黄璞故居

的福州已经相当有样子了。新置的晋安郡首任太守严高在冶山脚下走来走去，本来心情还不错，即使没有君临俯视的成就感，也有新官上任的新鲜感，怎料到尽管脚下迈得并不大，竟还是无须几步就走到地界的尽头，不免扫兴了起来。于是他在越王山（今屏山）南麓建起一座郡城（顺便还挖出一个西湖来），称为"子城"，面积比冶城大几倍，但这个"大"也是相对而言的，整座城宽广据说也仅二百三十二步。

这之后的几百年，城市基本上就维持着这种规模，但人口却不断增加。永嘉二年，

从动荡不安的中原"衣冠南渡"来了八大姓，拖家带口的八大族人啊，而且还不是终点，之后源源不断有人跟随他们的脚步到南方来寻觅乱刀利剑很少戳及的庇身之所。

小小的"子城"简直不堪重负了，所以唐中和年间（881—885年），观察使郑镒对子城进行拓修，南至今虎节路口，东南至今卫前街，东至今丽文坊，西至今渡鸡口。又过了几年，威武军节度使王审知于唐天复元年（901年）创建罗城，用来"守地养民"，城南抵达涉利门（今安泰桥北），城西达善化门（今善化

坊），整个三坊七巷就是在那时才变成"城里"的。

而879年3月，当黄巢春风得意马蹄欢快地进入福州这座陌生城市时，黄璞其实还不是真正的"城里人"，而是居住在离渡鸡口和虎节路都还有几百米远的"城乡结合部"。尚且委身这地方的，一眼就可以看出不是什么大儒，事实上黄璞的确是在公元891年才中的进士，三年后才任崇文阁校书郎。而黄巢在福州只驻扎了一个多月，879年5月就急匆匆挺进广州了。也就是说，当黄巢大兵从黄璞家门前经过时，那个黄璞仅一介书生，会写几首不错的诗罢了，风头正盛的黄巢为什么会忙不迭地"灭炬弗焚"呢？

《侯官乡土志》中说"巢中谣曰：'逢儒则辱，师必覆'"。原来如此。心里不踏实，怕遭受覆灭的厄运啊。行军打仗之人，还有什么会比"覆师"更可怕的？当然黄巢不是粗人，他是"不第进士"出身，虽然不第的是武进士，好歹也归得进"知识分子"之列，闲暇时他可能也读过黄璞的诗作一二，心生羡慕，又同是黄姓子孙，何不顺便放过一马？

无论怎么说，这事总是让黄巢在福州获得不坏的评

清末老福州

价，黄璞也跟着名声大噪。黄璞的祖先就是在西晋末年中原内乱时"衣冠南渡"来的，他们所居住的那条巷被人称为黄巷。这一次，一个令整个福建地动山摇的姓黄的人，为了另一个住在这里的黄姓人毕恭毕敬地灭炬，不得了，黄巷就一下子多出几分神秘莫测的东西来了。巷的名字宋朝以后曾经改过好几次，"新美坊""新美里"等等，虽然比起"黄巷"二字怎么说都悦耳顺眼很多，但老百姓不习惯，所以最终还是回到老称呼上了。

据说一直到解放初期，巷内还存有一块石匾，上面写着"唐黄璞旧居"，后来就不知去向了。但黄璞的故居犹在，这是目前三坊七巷中所能找到的年代最久远的名人旧迹了，黄巷三十六号，飞翘的马头墙与厚实的风火墙仍存留着旧日的模样，而挂在门上那块不大的牌子则密密写着：黄璞、陈寿祺、梁章钜故居。

陈寿祺是 1771 年出生的，他与黄璞那个时代相去数百年。已经说不上黄家是在什么时候将房子卖掉，陈家又是从哪一代开始搬进这里。总之，到了清嘉庆年间，一个叫陈寿祺的人住进了这座房子。

陈寿祺住进来时，黄巷已经今非昔比了。

还是要说到那个王审知。

小黄楼半边亭

小黄楼雪洞

也是起义发家的河南人王审知，其胸襟与才干，一直都是凸显在古代福建土地上的一个高峰。单一个"轻徭薄赋"的政策就让福建的农业大步向前，减免苛捐杂税又使商业气象万千，"广设庠序"更使教育热气腾腾。具体就不说了吧，对他有兴趣的人自会调阅发黄资料细看慢嚼。他在其他地方上的建树也不说了吧，那不是这篇文章所能容纳的。粗略一数，可数出王审知留在福州的一些旧迹：鼓山涌泉寺、于山定光塔、被扩浚达四十里之广的西湖。

与西湖面积相等的"罗城"，高二十尺、厚达十七尺的围墙全部都是以印有钱纹图案的砖砌成，砖的大小也有讲究，每一块"以开元尺为准，长一尺八寸，厚三寸"，而且上面居然还一一印着"威武军式样制造"的字样。全部以砖砌城墙，据说在全国当时都是绝无仅有的。这个"全国之最"当然是有点意思的，更有意思的是城的建设。偏于东南一隅的小城，皇帝都未必打心眼里给予在意，安分守己不出乱子就谢谢了，但王审知不这么认为，901年他建罗城，过了七

小黄楼内

小黄楼鱼池

年他又再筑"夹城"。罗城将严高的子城包含在内，夹城又将罗城夹在其中，东西相距约三千米，南北相距约两千米，城墙南面扩大到南门兜了。不是顺便建，居然仿照长安、洛阳等地的经验，对全城的建设进行整体规划，横平竖直，规规矩矩，无论王族高官，还是士农工商，总之谁都不能违规搭盖，想要建房都得步调一致听从安排。"三坊七巷"方正有序的格局就是那时留下的产物。接下的数百年，北宋建外城，明朝建府城，城市的范围不断扩大，官府民居、街市商家也越来越挤挤挨挨。到了陈寿祺踱着方步在这座城里走来走去的时候，当年黄璞所在的"城乡结合部"，早成为市区深宅大院云集的"高尚住宅区"了。

据说陈寿祺小时候家里并不富，但这孩子挺有志气，才气也不缺，十七岁时在福州就有一些小诗名了，十八岁中举人，二十八岁中进士，也算是少年得志。及第以后，乌纱帽自然就跟着来了，不过给他的那几顶帽子分量也不是太重，都是为他人作嫁衣裳的文官、讲学、修志、出任乡试及会试的考官等等，看上去倒也

小黄楼精美雀替

相当忙碌。估计就是在那以后，他才有钱到黄巷买下房子。

房子当初破损成什么模样？可曾将它换了梁、拆了柱、推掉墙重新修葺一番？这些深究起来其实已经没多大意思了。

但历史其实是存在的，以一种柔软的坚韧存在。

看一看第一进的石门吧，其实只剩横在门楣的石条了，石条有三米多长，仅仅一个长度也不足以让人眼前发亮——石条上居然精雕细琢出十几朵姿态完全不一的小花。已经在这里当了十几年看门人的老林说，原先门框两旁也是石条，很宽大的石条，后来墙不牢固了，重新修过，石条框才被换掉了。

但第二进的石门框是完好的，足有半米多宽吧，石面细腻平滑，有着丝绸般的质感。按正常的模式推断，这种规模的房子至少三进，第一进福州人称为"正落"，余下的各进称为第二落、第三落之类的。而且肯定得有藏书楼，读书人家还能不给自己辟一个小天地？但是老林很肯定地告诉我，过了这道门，原先后面就是花园了。

中了进士后陈寿祺被授翰林院庶吉士、散馆授编修，就留在京城了；后来到广东、河南去当考官，东一奔西一走，都在异乡为异客；接着任校渊阁校理、教习庶吉士，就又去京城捧饭碗了。踏上仕途之后，他在福州住的时间最多

重修前的衣锦坊

也就十几年。这期间他的身影在鳌峰书院出现的频率会不会比在黄巷家中更多呢？他当起了山长，差不多是我们现在说的校长吧，一大堆儒生围着团团转，之乎者也，善哉善哉，这个嗜书如命的老夫子一定也是挺受用的。

鳌峰书院真不是一般书院可比，康熙四十六年（1707年）在巡抚张伯行手中建起的，地点在于山北侧今师范二附小那儿，面向全省九府一州招生，有一百四十间书舍。规模大还在其次，关键是朝廷一直器重。福建的学子在科举中从来风光得很，让皇帝都不能不多瞥过几眼。康熙御赐过"三山养秀"的匾额一面，又赐了十几本皇家库藏好书。雍正和乾隆也不示弱，各赐帑金一千两，乾隆接着又赐《律书鉴源》一部。上级都这么亲切关怀了，福建的官员还敢冷眼旁观？富商还敢不纷纷解囊捐款？名誉丰盛，金钱也足，陈寿祺应该心情不错，很不错，所以这个山长他一做就做了十年。

他活了六十三岁，1834年去世，留下一大堆著作。原来人们以为死之前他一定早就另择新居了，因为据记载1832年8月，这座房子的主人已经是代理江苏巡抚梁章钜了。可是后来才发现，梁章钜买下的根本不是陈寿祺住过的房子，陈寿祺的房子其实在这座大院的东侧，那里早已面目全非了。

梁章钜是个什么样的人呢？站在小黄楼别出心裁的雪洞前，这样的疑问一定会汩汩涌出。太奇特了，你怎么能想到一个人会这么不厌其烦地下功夫，将自己的居所弄成跟童话故事的场景似的？

在自编的年谱中，梁章钜写道："壬辰（道光十二年，即1832年），五十八岁……是年四月，因病奏请开缺……八月回福州黄巷新宅。"二十岁中进士后，他就告别福州到宦海蹈涛去了，间或返乡，也仅稍做停留。这一次，抚着白发渐起的脑门，他不免油生了要落叶归根的念头。辛苦了一辈子，总不能亏待了自己，好歹也得弄出点衣锦返乡的模样来吧，所以对于自己的新宅，他决意出手不凡地好好侍弄一番了。

"是年葺宅右小楼榜曰'黄楼'"，也就是说，我们现在看到的小黄楼，正是在1832年修建的。楼两旁有两个雪洞，据说它的制作非常复

三坊七巷

杂，得先预设好图案，然后分别嵌上铁钉，再将调拌进红糖、糯米的白灰一点点、一层层抹上去，抹出一块块鸟窝状的效果来。最难完成的当然是顶上部分，悬空施工已经不易，而且还要镂空，还要弄出更别致的花样来，只要有一点闪失，就前功尽弃了。这么繁杂的东西，竟不是弄一处两处装点一下门面便匆匆了事，而是在楼的左右两侧各抹出深达十米的长洞，真正的洞。两旁峥嵘突兀，顶上嶙峋莫测，如果再放出一点烟雾来，你想想吧，那会是怎样的一番诡异景象？

而楼前是池，池后是怪石重叠的假山。山中有洞，清凉宽阔，足可容下二三十人，而且迂回环绕，可通前面厢房，可达后面鱼池，再一折身，便上了楼上的藏书阁了。有趣吧？好好的从楼下弄个梯子便直达楼上了，非得绕出一段路，走过一段景，起伏着，跌宕着，慢慢将品诗弄墨的好心情酝酿。

抵达藏书阁前先到了一方模样古怪的凉亭。亭子仅有两根柱子，另两角则倚在风火墙上了。亭不大，极小，极矮，简直貌不惊人，但斗拱、垂柱上那一层层立体雕刻出的松鼠、燕雀、蜻蜓、谷穗、玉米，却尽显珠光宝气，奢华铺张得无以复加。

诗意地居住，这哪单单是海德格尔的理想？去黄楼看看，看看雪洞，看看云叠雾砌的假山，看看亭子里与屋檐下那些金镂玉凿的木雕，就一定看出比那个德国哲学家早出生一百多年的中国文人，是怎样挥洒想象力，在自己居住的天地里弄出诗意的。

房子建好了，很别致的花厅，果然相当风光，便招来许多"同里耆旧以诗酒相往来"。自己的房子，恰如自己的儿子一样，取个什么名擅自做主罢了，可是这屋不称"梁楼"，而称"黄楼"，取名的瞬间梁章钜脑子中闪过的大约还是黄巢灭炬而过的细节。黄璞为天下读书人多少争了些光，姑且纪念一下这位前辈吧。

据说第二年梁章钜又"修葺左小园，榜曰'东园'，分为十二景"，楼台亭榭比黄楼更小巧玲珑别具匠心，轰动一时。看样子他已经料定自己仕途无望，决意终老家乡了。这位精通经史大义，又善作楹联与笔记小说的文人，手中有一杆笔，反正也不怕晚景索然无味了。即使再也写不动一行一

三坊七巷

句，那已经高高垒起的著作，也足以安慰于心了。"仕宦中，著撰之富，无出其右"，同一时代的林则徐不就曾这么评价过他吗？

谁曾想，1835年，已经六十岁的他，居然又被道光帝召入京城，赐一顶甘肃布政使的乌纱帽给他，接着又升广西巡抚和江苏巡抚。老树开新花了，他好像也挺振奋的。作为林则徐的同窗好友，在广西巡抚任上时，他曾鼎力配合广东那边的禁烟运动。三元里乡民抗英，他觉得甚好，第一个说帖上奏朝廷。还有另一个"第一"也很有现实意义：第一个向朝廷提出"以收复香港为首务"。后来英军攻陷镇海，两江总督裕谦死了，他又署理起这个总督职，同时兼管两淮盐政等等。这一忙又忙了数年，终于他彻底老了，年逾古稀了，不得不主动要求从官位上退下来。然后，他留在了杭州，接着又被在温州任知府的三儿子接去住，1849年死于温州，终年七十四岁。福州黄巷那座精心修葺起来打算用作安度余生的房子，便这样被荒置冷落了，到死他都不能再回来看一看，住一住了。

东园如今已经不见踪影了，黄楼有幸，尚且保存。几年前，这里是文化厅幼儿园所在地，楼上藏书阁成了员工宿舍；楼下当年"同里耆旧"饮酒作诗的地方，成了幼儿园娃娃班小朋友午睡的处所；假山鱼池前的小天井则成了孩子们嬉耍游乐的地方。稚气的童声响起，丝丝缕缕滋渗入老屋的每一寸肌肤，似一份不舍的挽留，又似一份新鲜的撞击。

那一拨拨曾在华丽木雕下奔跑安睡过的孩子们，梦中可有丰硕的玉米谷穗飘香过？可有淘气的松鼠、轻盈的蜻蜓和喜气的燕雀光顾过？

玉 尺 山 房

三坊七巷中另一处至今仍被人格外津津乐道的旧迹是光禄坊的玉尺山房。

宋初，这里是座低平的小山，称玉尺山，山上建有一座法祥寺院。熙宁三年，即1070年，光禄卿程师孟任福州知州时，曾到寺里游览吟诗，并题写了"光禄吟台"四个字。寺门外的那条巷子于是就被称为光禄坊。可惜20世纪30年代，三坊七巷中最南侧的光禄坊和与之相连的吉庇巷被辟为马路，巷子仅残存半边。

宋朝末年，法祥寺被废，成为民居，陆续有学者、儒生住进。清嘉庆年间，学者叶敬昌居住在此时，把光禄吟台改称"玉尺山房"。道光十三年，即1833年，叶敬昌曾邀林则徐前来做客，并放鹤游玩。后人于是刻了"鹤蹬"二字纪念。

四十多年后，房子的主人换成了因经营盐业而致富的沈葆桢女婿李端，他的两个儿子，即沈葆桢的外甥李宗言、李宗祎志趣相近，都热衷于藏书与赋诗，便召集高朋密友成立一个诗社，每月必有四五次在玉尺山房的辛夷楼聚集，专赋七律，津津有味地互为唱和，坚持活动达十年之久。诗稿后来结集为《福州支社诗拾》。

诗社的十九人中，包括后来的《福建通志》总纂、同光体诗派代表人物之一的陈衍和伪满洲国总理郑孝胥，也包括后来成为著名文学家、翻译家的林纾，即林琴南。

林纾出身贫寒，家不在三坊七巷内，却常常出入此处。

他的父亲林国铨原先在闽北经营盐务，也挣下一些钱，不料1856年，在林纾还只有四岁的时候，他就在运盐途中，因船触礁沉没，导致倾家荡产，便扔下一家大小往台湾谋生去了。生活一下子灰暗了，父亲如同不经意间把一瓶墨弄倒，黑黑的墨汁于是一下子渗进林纾的童年、少年以及青春岁月中去。幸亏有书，书可以成为安慰。"读书则生，不则入棺"，这是林纾写在墙上的座右铭，一旁还画了一具棺材。可是书需要钱买，他没钱，所以他得来光禄坊的玉尺山房。

诗社每月四五次的活动他来，不活动他也来，来得很频繁，干什么？借书。李家大

玉尺山房顶上的六角亭

末代皇帝溥仪

海般浩瀚的藏书，像磁铁一样吸引了林纾，几年间据说他就从这里借去书籍多达三四万卷以上。林纾后来以文言文翻译了《巴黎茶花女轶事》《鲁滨孙漂流记》《大卫·科波菲尔》《堂吉诃德》等近两百部欧美小说，成为中国介绍西方文学的先驱。这个时期大量广泛的阅读对他究竟有多大的影响呢？这个问题应该只有他自己才能说得清了。

而陈衍与郑孝胥，家都在三坊七巷内。

陈衍的血管里流着军人的血，他的先祖曾有过壮烈的戎

光禄吟台题刻

手迹　宋光禄题程师孟

马生涯，在康熙王朝收复台湾时战死，世袭云骑尉。可是后来陈家再也没人上战场了，一代一代都忙于翻书阅卷，却偏偏都失意而归。满腹经纶却无用武之地，只有释心传授给下一代了。

从三岁开始，陈衍在父亲的教导下读书写字，十余岁的时候，就已经"终年为诗，日课一首"了，多少算个文学少年了吧？1886年前后，可能是他对诗歌最痴迷的时期，提出"诗莫盛于三元"，所谓"三元"指的是唐朝开元、元和及北宋元祐。又认为作诗既要学有根柢，又要有情感趣味，这大约与我们今天说的诗既要有血有肉有内涵又要有可读性有几分相似。同光年间，主宗宋诗的诗歌渐渐形成一个流派，称

光禄吟台

林纾和夫人杨郁及儿子（右二）、女儿（左二）合影　　　郑孝胥晚年

为"同光体"。清末至民国初，这一风格的诗兴盛一时，全国当时共分为三派：浙派、赣派和闽派。陈衍则是闽派的代表人物，其评论著作《石遗室诗话》1912年12月起，在梁启超主办的《庸言》半月刊上连载，数十万言的长文，旁征博引、洋洋洒洒，读后击掌叫好者甚多。后来《石遗室诗话》结集出版，风靡一时。他要续辑诗话的消息传出后，各地诗人竟"争欲得其一言为荣，于是投诗乞品题者无虚日"。他曾不无得意地告诉朋友："海内诗人寄到之集，已阅过者殆满间一屋，而架上案头，有已选佳句及收入者，尚不可胜计。"

有意思的是，这么有学问的陈衍竟像祖父和父亲一样不会考试。举人是他抵达的最高级别的"学位"了，学却无法如愿以偿地更好"优则仕"，最大的官只做到学部主事。其实他十八岁就"入县学"了，结果不断参加乡试，却屡试屡败，直到光绪八年，即1882年，在他二十七岁时才终于中举，同榜者中有林纾和郑孝胥。接下去，赴京城会试的迢迢大道上，又数次出现陈衍的身影，总是满怀希望而去，又失魂落魄而归。最后一次是在1903年，他已经四十七岁了，居然还不死心，又千辛万苦颠簸去京城参加考试。这一次他摸着自己花白的胡子环顾左右那些小后生，心里可能觉得有很大的胜算，已经曙光在前头了。结果呢？这个倒霉蛋因为试卷书写格式不符合规定而"不予送阅"，白忙乎一场。

一个才华横溢的人，执着爬行在科举之路上，却屡试不第，原因何在呢？有人推测在于他一直用心不专。

诗是他的最爱，估计这牵扯去了不少精力。1895 年春，他进京会试，那时甲午战争中方刚被打败，清政府派李鸿章为全权代表去日求和，陈衍就顾不得功名了，立即从书斋中走出，由他起草，与林纾等人一起联名上书都察院，反对割让辽东半岛、台湾等领土，并兴致勃勃地与维新派人物结交往来，参与他们的一些活动。

两年后，曾将《红楼梦》《聊斋志异》及礼教书籍翻译成法文在法国巴黎刊行后引起震动的同乡陈季同，在上海创办了《求是报》，陈衍被力推为主编，陆续写出一系列针对中国现状的论说，广受欢迎。他的热心读者中有一位便是时任湖广总督的张之洞，因为欣赏他的文章，便把他招到幕下，任命为《官报》局总编纂，后来又兼两湖书院监督、武昌师范学堂国文教习等等。这样一来书不是又读不成了？

1898 年春天，他再赴京城会试时，恰逢戊戌变法呼声

陈衍故居

更高，康有为等人在北京提倡设立"保国会"，以保国、保种、保教为宗旨。陈衍也按捺不住了，写了一篇《戊戌变法榷议》的文章，一册共十篇，意在为当局进言，推动变法，建议重宰相事权，练新式陆军，办军事学校，汰冗官冗卒，还提出变通科举、研习西学、广开言路等等，眼光看得很远。

变法失败后，张之洞的《官报》也停办了。不过陈衍仍然安分不下来，1899年至1902年，他主持并参与翻译出版了《商业博物志》《商业经济学》《商业地理》《商业开化史》《货币制度论》等书，把西方资本主义的商业、金融、经济等方面的理论介绍到中国，这与严复传播西方思想，其影响虽然远不可比，其做法应该还是有些异曲同工之处的。这么忙来忙去的，他哪还有心思去死记硬背那些八股文？能考上才是奇迹。

无法踏足仕途，总不能让一肚子学问烂在那里吧，所以，除了武昌的那两所学校外，他还在京师大学堂及北京大学、法政学校、厦门大学、上海暨南大学、无锡国学专科学校等处任教过。这样看来，教书育人应该是一生中耗去他相当多精力的一桩事了，当然也有几分"桃李满天下"的欣慰。至于他的那些诗作，大都是写居闲游览的，不说也罢。仅懂得吟诵风花雪月、寄情湖光山色，即便文字再华丽、技艺再精美，终究都是苍白无味的。幸亏他在吟弄那些空洞无物的诗句之外，眼中还能看到时代的风云际会，这才使没有求到多少功名的他，最后倒是挺快意地做成了一名很不错的文人。

民国四年，袁世凯策划称帝，设立筹安会时，有人将他的名字列入"硕学通儒"之首，让他参与"联名劝进"。他倒不像严复那么暧昧地沉默着，而是火气很大地要求众议院撤销他的名字，然后就卷起铺盖打道回故乡了。到家不久，就接受福建督军兼省长李厚基之聘，开始编纂《福建通志》。挺庞大的一项工程，他年纪也不小了，恰好满六十岁，但他是兴致勃勃的，不但亲拟修志凡例，对编志所征书籍中有关记载也都一一过目，甚至连所要摘录的范围都亲自确定。五年之后，六百余卷、约一千万字的《福建通志》全部完成。至今为止，这仍然是福建省志中最为完备的一部。

而该书的书名"福建通志"

1934年，溥仪称帝前郑孝胥在家中拿日本旗与儿子们合影

郑孝胥书法

四个大字，则由郑孝胥题写。

在文儒坊大光里八号那座房子里，陈衍一直住到1937年8月13日逝世为止。一腔的抱负都付之东流，他只好缩进这个不大却风雅清静的小楼，听风听雨听内心喧闹的潮涨潮落。他活了八十一年，在那个年代也算长寿之人了，死后葬于福州西门外文笔山。

郑孝胥的家与陈衍家离得不远，就在相邻的文儒坊洗银营。

与陈家子弟相比，郑家子弟就幸运得多。郑孝胥的曾祖父郑鹏程嘉庆元年中进士，官至江西袁州府知府。自他开始，郑家四代浩浩荡荡出了十个举人、五个进士，这其中就包括郑孝胥的父亲郑守廉。而郑孝胥，则在1882年10月25日高中福建省乡试解元。

据郑孝胥日记记载，揭榜的那一天，"天阴有风，入夜，月出复暗"，预兆似乎挺不好的，郑孝胥心情黯淡，悲观过头，别人拉他一起出去等消息，他怕等来的只是失望，便拒绝了，独自缩在家中，想一头睡过去，却又辗转不成眠。就在此时，"呼声入门，解元之报至矣"，一个"矣"字，使之焦虑苦等后猛然松弛下来的欣喜之情跃然纸上。

与陈衍相比，郑孝胥的才情毫无疑问更胜一筹。十三岁时背诵起十三经，据说就已经流畅得像瓶中泄水了。他的诗作被人盛赞为"才华绝盛""气象万千"，有"晚清诗坛第一人"

的美誉。画也不错。他喜欢松，画风古朴浑厚，苍劲有力。字更好，楷、隶书都获誉甚多。

这样一个禀性非凡的人，一旦给他机会，给他舞台，就注定可以大鹏一般亮翅高飞。

机会有了，舞台也有了，郑孝胥的确没有暴殄天物，他奋力向上飞翔了，飞了好一阵，可惜最终阴风邪火却猛刮而来，将他刮进历史阴影之中。

慷慨怀大志，平生行自哀。
嗟君有奇骨，况复负通才。
时事多荆棘，吾侪今草莱。
天津桥上见，为我惜风裁。

这首诗写于1885年7月，诗里的"君"指被李鸿章从马尾船政奏调为新成立的天津水师学堂总教习的严复。由岳父吴赞成介绍、刚入直隶总督李鸿章幕不久的郑孝胥，热情赞颂了比自己年长六岁的同乡，

在字里行间，他自己的胸怀与抱负其实也丝丝流露了。

1891年5月，他曾随同李鸿章的嗣子李经方出使日本，这是个开始，他终于抬起脚踏向五彩灯光炫目闪烁的华丽舞台了。在日本期间，他先任驻日使馆书记官、领事，后任神户和大阪总领事，在每一个职位上都很称职，机灵能干，办事利索，算起来应该也可以称得上锋芒初露了。

1895年11月从日本回国后，三十五岁的郑孝胥马上被两江总督张之洞召为幕僚，参与策划了那期间张之洞几乎所有的政治、经济和文化的活动。就这样，他一步一步慢慢向中国政治最中心靠近，终致进入宫中，并深得溥仪的宠信。

在溥仪之前，他还贴近过另一个皇帝：光绪。其实他的命运本来在早二十多年前就可能拐个弯，他的脚步也可能早

郑孝胥题写的匾

溥仪与婉容

穿上伪满洲国大元帅正装的溥仪

二十多年就登临权力的高峰。

1898年，当林旭、谭嗣同、杨锐、刘光第四人任军机处章京时，郑孝胥在张之洞的推荐下，也被光绪帝召见。他向光绪陈述的是一直思考与实践的编练新军的建策，这很合光绪的心意，派他在总理各国事务衙门章京上行走。变法失败后，比林旭大十五岁的郑孝胥没有死，他活下来了，并且之后仕途越发顺畅：1903年充任两广洋务督办，1910年任东北锦瑷铁路督办，1911年任湖南布政布，1923年任清室小朝廷内务大臣，1932年任伪满洲国总理。

从出使日本起，郑孝胥在中国政治舞台上活跃了半个世纪之久，动荡不安的晚清，戊戌变法、东南互保、路政改革、预备立宪等一系列重大事件中，都活跃着他的身影，可是，在他的故乡福州，却很少有人提到他，甚至在整个中国，如今有关他的研究资料也非常有限。

晚节不保，使他原本相当辉煌的人生，在最后阶段却被阴影层层笼罩了。

这个饱受中国传统文化浸润、一直以孔孟传人自居的天才文人，在那个动荡不安的岁月中，就这样一步步卷进了政治是非之中，成为遭人唾骂的丑角了。他真的那么甘心投靠日本人、那么甘心做那个伪满洲傀儡总理吗？当年随李经方出使日本时，他曾斜着眼以不屑甚至偏激的目光打量着东

淑妃文绣

瀛小国的一切，可是最终为了苦苦维护的小朝廷与小皇帝，他却走上了不归路。

在随侍溥仪居天津时，他建议易其服，即改变上下原有的礼服，百官参用列国通行之式，都着西服；又劝刻图书，设书局、选人才，将清朝各代治国大事编为专书。1931年，当东南发生水灾，溥仪原先想以所藏书画助赈，郑孝胥却提出不如把皇室房产捐出，溥仪听从了，将位于天津日租界吉街的井上医院捐出，引起社会各界的注意。

这期间，他还替溥仪处理两件棘手的大事：东陵盗宝案和淑妃离婚案。

1928年，国民党第六集团军第十二军军长孙殿英以军事演习为名，掘开东陵，将乾隆、慈禧等墓盗窃一空。消息传到天津，溥仪哀恸不已，号啕大哭，并设灵祭奠。祖宗的墓都被挖了，让他这个皇帝怎么面对先人与天下的百姓？郑孝胥推荐将前清冀州知州金良骥派往东陵查办，接着又推荐国民党京津卫戍司令部参事张彪之子张学骥前往与清室王公宝熙接洽。忙乎了半天，这事最后的结果仍然不如人意。国民政府虽然在舆论的压力下，不得不催促平津卫戍总司令阎锡山尽快破案，并成立了高等军法会进行审理，最后却什么结果都没审出，就不了了之了。大清国大势已去了，溥仪奈何？郑孝胥又奈何？

淑妃离婚案同样麻烦。1931年8月，皇妃文绣以"不堪虐待，欲诉法庭"为由，要求离婚。

古往今来，后宫几千佳丽的命运，从来都任由宰割的，哪有"离婚"之说？溥仪惶惶然不知所措，连夜召郑孝胥处理此事。郑孝胥脚步匆匆地周旋于几方之间，他献上两策，先是"给淑妃宅别居，以收束不声张"。后见淑妃意志坚定，又改为"必欲离异，宜谕以不嫁归母家，则仍可给养赡以终

孝胥为此事则累出了一身汗。

他真的很累，累得用心良苦。可是末世王朝已经破败至此，就是补了东墙，也补不了西墙呀。

站在"新京"长春的土地上，郑孝胥写下了"满洲国国歌"："天地内有了新满洲，新满洲便是新天地。顶天立地无苦无忧，我国家自由亲爱并无怨愁……"太可悲了，这位曾经写出"乱峰出没争初日，残雪高低带数州"这样传诵甚广的豪迈名句的诗人笔下，竟弄出一堆如此肉麻的文字。当呕心沥血地东奔西走，终于把溥仪扶上那张脆弱的龙椅上后，他难道真的就"无苦无忧"了吗？"新满洲国"并没有呈现

其身，否则听之"。淑妃经劝说同意不嫁，归母家依侄俾而居。"废淑妃为庶人"，对外这么一宣布，溥仪可怜巴巴的"面子"多少保全了一些，郑

当年溥仪在天津张园与日本军官的合影

理想的状态，差太远了，各个"政府"机构均安置了日本人，上至宏观国策，下至微观小事，全由他们说了算。傀儡、奴才、卖国贼……只有身陷其中，才真正体味了这些词的苦涩、无奈与悲怆。其实刚当上"满洲国总理"不久，仅仅因为说了一句"不适应"的话，郑孝胥就被日本人监视半年之久；1935年，在其主办的王道书院不慎发了一次牢骚，认为"满洲国已经不是小孩了，就该让它自己走走，不该总是处处不放手"，就因此得罪日本人，居然被解职，晾到一边去了。

飞蛾扑火，这个比喻用在他身上是合适的。他一门心思把帮助溥仪"复兴大清祖业"的希望寄托在日本人手中，结果非但没帮上忙，反而连自己都断送了。

1938年，他暴死于长春。

遥远的故乡他再也回不去了。撒手人世的最后一刻，三坊七巷那些富丽的朱门、幽静的青石板路，不知是否在他眼前闪过？

玉尺山房的琅琅诗书声，又是否在他耳际响起？

笔墨文章满坊巷之二

一

六 子 科 甲

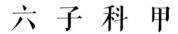

御赐的"六子科甲"牌匾蓝底金字，曾经高高挂在文儒坊四十七号房子正门大厅上。

房子曾经的主人叫陈承裘。

陈承裘才华平平，一位咸丰元年的进士罢了，官也不大，作为更有限，仅以刑部主事用，在浙江司行走。而且没"行走"多久，就隐退故里了，从此再不出山。

但他的祖辈却不一样。

明嘉靖十七年（1538年），陈家出了第一位进士，叫陈淮。历任杭州府、常州府推官，南京吏部北新关监榷。自他之后，陈家子弟一直在科举上颇有建树，至清朝时，达到顶峰。陈家子弟陈若霖乾隆五十二年（1787年）高中进士，历任云南、广东、河南、浙江巡抚，湖广、四川总督，又任工部尚书、刑部尚书兼管顺天府尹。

在刑部尚书的位子上，陈若霖一当八年。

闽剧《陈若霖斩皇子》已经在福州地区流行半个多世纪了。

皇子鸿杵见宰相之女李雪娇貌美可人，骗进宫中欲行非礼，雪娇不从，自缢身亡。刑部大臣陈若霖不畏权势，判清冤案，斩杀皇子。

故事是民间杜撰的，但陈若霖为官清廉、刚正不阿多少还是真实的。

而陈若霖的次子陈景亮，虽只是举人出身，也官至云南布政使，算得上"省级干部"了。

陈承裘是陈景亮的儿子、陈若霖的孙子。家族世代簪缨、都做大官的盛况，至陈承裘这一代，似要断掉了。

不料，另一个高峰又出

现了，出现在陈承裘儿子们手中。

退出官场后，陈承裘所做的事情非常专一：悉心调教子女。他育有七个儿子，除第五子夭折外，剩下六个皆登科第，其中三个举人、三个进士。可以肯定，即使在科举制度盛行的一千三百一十九年间，全中国这样的家庭都不可能太多。从某种角度上说，这是对扔掉乌纱帽的陈承裘最好的安抚与回报。当双手颤巍巍地接过"六子科甲"牌匾时，陈承裘心中有多少感慨涌起啊！

他的长子陈宝琛，比郑孝胥年长十二岁，就在郑孝胥出生的那一年，十二岁的陈宝琛就中秀才，五年后中举人，又过了三年中进士。当年少的郑孝胥在福州老家苦苦翘首科举时，陈宝琛已两次被派充顺天乡试同考官，又任甘肃、江西乡试正考官。1882年，就在郑孝胥中解元的那一年，陈宝琛出任江西学政，次年晋升内阁学士兼礼部侍郎。

如果风调雨顺，陈宝琛的前程必定是金灿灿的。自考中进士入翰林后，他与张之洞、张佩纶、宝廷友谊深厚，过往甚密。四人情性相近，都崖岸自高，敢言直谏，不惧权贵，因此被称为"枢廷四谏官"。那期间，陈宝琛对边防、御侮等国家大事，曾先后向慈禧、

陈宝琛与子孙

陈宝琛

福州女子师范学校的学生

光绪上疏数十章，章章都以国家安危为己任，字字都是披肝沥胆的忠诚之言，所以颇获信任，许多奏章往往不交部议，即蒙饬令迅办了，这使他声名鹊起。

但也因此摔跤。

19世纪70年代前后，列强都张开血盆大口，对中国下手：俄国占领新疆伊犁九城，日本吞并琉球又侵扰台湾，而法国入侵越南，矛头也指向中国。

1882年，法国在占领越南河内后，开始向北蚕食。越南北部从秦到五代都是中国的郡县，到宋朝才立国，但仍为中国藩属。陈宝琛认为中国与越南"辅车相依，唇亡齿寒"，反复上奏要求"举义师以平其难"。但朝廷哪敢轻举妄动？

小心翼翼挨了两年，在1884年5月才终于下旨委陈宝琛以钦差会办南洋大臣。太迟了，这一年3月，法军已经进犯山西、北宁中国军队阵地，6月23日又进犯谅山，7月以孤拔为司令的法国舰队直赴福州，先驻泊闽江口，接着明目张胆驶进马尾港。

闽江口至马尾有八十九里水路，沿途山峦起伏奇险天成，岛屿暗礁密布，并且军营众多，炮台林立，如此漫长险恶的航道，如此"固若金汤"的防守，法国人的十几艘军舰却还是顺顺当当地开进来了；开进来后，他们还能从容登山观察地形，自由乘舟探测水深，还可以肆无忌惮地扬言威胁："不许中国兵船移动，动则开炮。"

孤拔

以我们今天的思维方式，已经很难理解那个时代的中国了。明明有国际法规定，军舰停泊外国港口，艘数不得逾两只，时间不得超两周；明明清清楚楚地知道眼中闪着绿光的饿狼闯进家门来打的是什么主意，却仍然诚惶诚恐地以"最友好的方式接待"，船政大臣甚至"严谕水师，不准先行开炮，违者虽胜亦斩"，甚至下令"不准发给弹药，并不准无令自行起锚"，于是悲剧就注定上演了。蓄谋已久的法国人趁着落潮时刻，突然向整齐摆成一排的中国舰船开炮，仅仅四十分钟，苦心经营十几年的福建水师就全军覆没了，十一

艘军舰和八百六十多名官兵灰飞烟灭，尸体、木块、折桅、断桨和帆船碎片"累累蔽江而下"，而法国人仍派出小轮船，用机关枪将在水中"乍浮乍沉有如凫鸭"的中国官兵射杀，马江殷红一片。那一天是1884年8月23日。

也就在这一年的7月，陈宝琛接旨赶赴抗法前线，途中，突然一日接到三道谕旨，命他北上天津会同李鸿章妥筹中法和议细目。又要和谈了，真没劲，陈宝琛以"拙于辞令，不习洋情，筹防义不容辞，谈和才实不逮"电辞，却未获准。等到马尾那边我们被打得稀里哗啦，陈宝琛请旨"派江西援军速进"，这一次朝廷倒是听进去了，电令两江总督曾国荃拨江西振武五营赶去支援，却被拒绝。怎么办呢？陈宝琛悲愤交加。中法马江海战就发生在他家门口，那么多闽籍子弟冤屈而死，他们都睁着一双双发红的眼睛望着他。可他只是一介书生，使不了刀枪带不了兵。

他决定自己募勇教练，这事得上奏。奏折的言辞仍然是他一贯的风格：简洁、直接、不闪烁其词，甚至他把自己的性命和乌纱帽也押上了：如果

"成效毫无，将臣从重治罪"。

可是，这一次他再也没有获得以往"即蒙饬令迅办"的待遇了，而是被拒。

霉运接踵而来。1885年，云南、广西布政使唐炯、徐延旭在对法战事中失利，而这两人都是陈宝琛曾经力荐的。就这么受到牵连了，四面受敌四处挨打的朝廷，终于要找个出气口发一发一肚子的火气了：以"荐人失察"为由，将陈宝琛连降五级。

陈宝琛很郁闷。1884年，就在他奉旨赴天津和谈途中，爷爷陈景亮去世，第二年，母亲又去世。他得"丁忧"啊，就借着这个契机，索性辞官回到故里，一待就是二十多年。

但他并不住在文儒坊四十七号，而是住福州郊区螺洲。那儿才是陈氏的祖家。

他的父亲陈承裘共有一妻一妾，发妻林氏，如夫人张氏。陈宝琛为林氏所生。据说陈家是明洪武年间由长乐搬至螺洲的，枝繁叶茂繁衍了几百年，大家族已经不可避免地错综复杂了。于是陈承裘便在文儒坊购下这幢房子，同二夫人张氏一起搬进城里。

房子建得相当精致，厢房的门窗隔扇全部用楠木制作，并精雕细刻了各种图纹。

这座房与陈承裘的二女儿陈芳芷有相当大的关系。

当年的台湾首富"板桥林"，就是陈芷芳的婆家。本

位于澎湖的孤拔墓

来在台湾活得好好的，财大气粗，荣华富贵享不尽，可是1895年时《马关条约》签下了，台湾割让给日本了，"板桥林"家族忍受不了这份屈辱，便回迁祖地福建。陈芷芳丈夫林尔康落脚福州，在杨桥巷定居下来，建起一座豪华的洋楼和一座"五间排"的大院落，而林尔康的堂弟林尔嘉（字菽庄）则到了厦门，事业也发展得有声有色，曾任厦门商务总会总理，1913年在鼓浪屿仿板桥别墅和《红楼梦》大观园怡红院的形式，兴建了那座著名的菽庄花园，至今仍是去厦门的旅游者必看的一景。

光绪年间，"板桥林"曾捐建过台北府城，还为中法基隆战争出过军费等等，钱反正不缺。陈芷芳是撒撒娇还是巧施小计了呢？总之林尔康慷慨应允了，他要为陈芷芳的母亲张氏建一座豪宅，把她以及老丈人陈承裘从螺洲祖屋中接到福州来居住，地点就选在文儒坊。一千零九十二平方米，这是府第的总面积，在三坊七巷中，这样规模的房子不算大，招人注目的仍然是它的华丽与精致。华丽不难，如山的银子肯定可以将它堆砌得出，但精致却难，精致是一种诗意的生活态度，是睿智的生存选择。

陈承裘将二者协调得很好。

福州这地方出能工巧匠，能雕善刻者比比皆是，就让他们来大显身手吧。花厅天井上有个小水井，井上有个盖，盖上是一个憨态十足的大青蛙。井上加个盖以防小孩不慎落入这好理解，盖上弄个柄让手有可握之处，这也不难理解，但这个"柄"居然是如此别具匠

福州鳌峰书院残存的后花园

鳌峰书院残碑

正在修缮重建中的福州鳌峰书院

心地弄成了极富观赏性的青蛙！连这样的细微处竟都如此用心在意了，现代那些遍地泛滥的粗俗建筑物与之相比，真让人不由得要感慨万端了。

林尔康为这座房子总共耗进多少银两？未见记载，对于他来说，表达一份孝心或者彰显一份气派应该比金钱重要得多。据说，陈宝琛当时也曾出资若干，多少表个孝心吧。

回到福州后陈宝琛其实并没闲着，四乡八里仰慕他的学识，像捡了个宝，急忙将他请出办学。他先是出任东文学堂董事兼总理，后又将东文学堂扩充为官立全闽师范学堂，这是全国最早创办的师范学堂之一。从1903年至1909年，陈宝琛任该学堂的校长达七年之久，毕业学生约有七百多人。而他的妻子王眉寿则在玉尺山房设立了女子师范传习所。后来，这所学校与福建女子职业学堂合并，改称福建女子师范学校，学生中包括女作家谢冰心。

除了办学，他居然还介入另一个本来完全陌生的领域。光绪三十一年，即1905年，闽、浙、皖、赣四省拟自筑铁路，商部奏派陈宝琛任福

晚年陈宝琛

建铁路总办。怎么"总"怎么"办"？满腹的诗书此时一点用场都派不上，但不要紧，把钱弄来，把人请来，眉目就有了。陈宝琛到南洋爪哇、槟榔屿、吉隆坡、万隆、三宝垄等地走了一趟，那里华侨甚多，就向他们筹募吧。果然拿回了钱，并用它们建成了福建省第一段铁路。

忙办学，忙修路，这样的日子很实在，有滋有味。

这期间，他是否常出现在父亲位于文儒坊四十七号的陈家大院内呢？

张氏虽然不是亲生母亲，但从他后来热心替张氏的外甥女林慕兰牵红线，使其与严复的三儿子严叔夏成亲，以及又将张氏的外孙林尔熊招为女婿等事来看，陈宝琛与张氏的关系应该是相当不错的。以此推测，他因学堂的事务屡屡从螺洲进城时，断少不了在此下榻暂住。

陈家大院的花园叫梅舫。其实只是花厅的一部分，不大，假山、鱼池、石桥、亭子、名贵花木却一样不少。"室雅何须大，花香不在多"，主人把他的心意都镂刻在那个曾经有过、如今仅剩下一摊残址的六角形亭子上了。寄趣山水，文人墨客是少不了这份闲情的，山在远处水在他乡，便浓缩出一些来搁在自己家里吧，在抬头低头间与之相逢，也是一种消遣。

梅舫一直被人格外称道的是登上小阁楼的楼梯，不用木板铺出，不用青石砌出，而是巧妙地以假山的石磴堆出，成为假山的一部分，浑然一体，不细看，谁能知道那竟然是一个精美的通道？低头细细寻觅，粗粝的石磴间可否留下陈宝琛的足印呢？

1909年，二十多个春秋过去之后，六十一岁的陈宝琛终于再次被召入宫，任命为总理礼学馆事务大臣。两年后，他当起小皇帝溥仪的"帝师"，在毓庆宫授读。溥仪对他是满意的，赏戴花翎，又赏他文职头品顶戴，再赏以"太傅"头衔。但这一切又有什么用呢？末世皇朝已经破絮般动荡飘摇，陈宝琛即使肝脑涂地倾尽所能，也无力挽回衰败之势了。

"不须远溯乾嘉盛，说着同光已恍然"，1911年春，这么忧伤的诗句从他笔端淌下，应多少淌出一些那时的心境吧。

1923年，陈宝琛已经七十五岁了，精力体力都不济，便将

赋闲寄居上海的郑孝胥引荐入宫。那时他看中的是郑孝胥的"骨气"，以为这个年轻聪慧的老乡能有所作为，能助溥仪一臂之力。不料，就是这个郑孝胥，竟将末代皇帝引上一条死胡同。

1925年2月，被逐出宫的溥仪逃至天津，陈宝琛亦移居天津随侍。"九一八"事变后，溥仪决意复辟，密赴东北。陈宝琛得知后赶赴旅顺劝阻，溥仪不从。民国二十一年，溥仪在日本扶持下成立伪满洲国。陈宝琛专程赴长春探望溥仪，呈密折劝溥仪醒转，溥仪也听

林则徐纪念馆内御碑亭

不进去。

陈宝琛长叹一声，稀疏花白的胡子在风中颤颤巍巍。

在家乡福州办学育人的二十多年，闲暇时他常吟吟诗写写字，日子过得多么惬意。《中国近代文学史》给予他"独步诗坛四十年"的高度评价，可见在文学上的成就本来足以让他傲视天下了，可是，时势却让他身不由己地卷入如此巨大的是非。夜深人静时，他是否暗悔过晚年的再次出山？更悔过看走眼错荐了郑孝胥？

位于光禄坊旁的林则徐纪念馆，原是林则徐祠堂。巧的是，立在祠堂内的两块御赐的碑文，一块为陈宝琛所书，一块为郑孝胥所书。两位帝师，两大才子，在是否听命于日本人这个问题上虽然分歧严重，但在不经意间，他们还是为所敬仰的先贤林则徐做了同一件事。

郭家书房外

五 子 登 科

真大，房子真大，黄巷郭阶三的房子真大。

郭阶三的前半生运气未必好，虽然中了举人，也仅此而已，再也无所长进，官也当不大，先在连城，后在同安，辛辛苦苦辗转来辗转去，也仅任个教谕罢了。"教谕"是个什么官呢？八品，"掌一县所属生员之教诲"，大约跟我们现在的县教育局局长差不多，科级。可是，这家伙居然在福州黄巷口拥有一座这么大的房子：面积二千多平方米，共三进，第一进深七柱，第二进深五柱，第三进是双层的书房，后门通达塔巷。

没有找到郭阶三的生卒时间，不过有记载他是嘉庆二十一年中的举人。

清朝在前面的一百来年，呈现过经济繁荣、社会稳定、国力鼎盛的"康乾盛世"，到了乾隆末年，全国人口达到三亿七千万，至少是亚洲最强大的封建国家了。乾隆是把这样一种相当不错的国势交到他的第十五子颙琰（即仁宗，年号嘉庆）手中的，嘉庆亲政不久，又从和珅家中抄出了房产、珠宝等约值八亿两的白银，这可不得了。其时朝廷不过"岁收约七千两"，从和珅家里拿到的竟相当于十一年的收入，所以连民间都传起一句谚语："和珅跌倒，嘉庆吃饱。"可惜接下去麻烦事接踵而来了，污吏、海盗、内乱等等，国势反正是日衰了。嘉庆在位二十五年，郭阶三中举时，嘉庆的气数已经差不多了。到了后来，郭阶三离乡背井去外地做"教谕"时，估计已是才智平庸的道光帝的天下了，大好河山黯然失色。

不过，这些跌宕起伏的天下大事应该都与郭家大院没有什么直接的关系，即使国再富，单靠郭阶三自己，也不可能翻云覆雨弄出一大堆银子来，区区一个"教谕"能拿到多少俸薪？

郭阶三有五个儿子，五个儿子皆登科第！谜底终于揭开了。

房子是明末的建筑物，最初的主人不知是谁，清道光年间郭阶三将房买下了，他那五个宝贝儿子就是在道光年间接二连三高中的。读书做官，不是一个人做，一家五个儿子齐上阵，尤其是二儿子郭柏荫，为官五十二年，官至湖广总督，高官厚俸都有了，所以，郭阶三才能大张旗鼓地到黄巷口购房置地。

现在黄巷四号的大门上挂的是"郭柏荫故居"的牌子。房子是郭阶三买的，但郭家名声更显赫的是郭柏荫，老子不如小子，只得退让其次。这些都不重要，重要的是儿子给他

郭家花厅外

穿过这道小门就是花厅

带来了荣光。至少在清代，整个福州"五子登科"的也就两户，一户是东街孝义巷的曾氏家族，另一户就是郭家了，都是道光年间的事。当然，后来文儒坊陈承裘的六个儿子相继登科，风头盖过了前者，不过在那时，在道光年间，一门五及第，必定要轰动很大一阵的，让多少人羡慕得口水直流。

郭柏荫是道光十二年中的进士，十七年任浙江道监察御史，十九年巡视西城，转京畿道，升刑部给事中，不知道这究竟是个什么官，看上去像是可有可无的虚职。这一年，他的老乡林则徐在广州气魄非凡地展开禁烟，还在虎门当众以卤水和石灰销毁鸦片

二百三十余万斤，震惊中外。这件事可能让郭柏荫震动不小，他官当大了之后，也当到林则徐曾任过的湖广总督这个位置时，也很积极地上奏，力主严禁鸦片进口、严禁种烟等等。不过，当他还只是"刑部给事中"时，却没有见到他也加入禁烟运动之列的记载，倒是见他挺关心台湾那边的事，一会儿"请勤抚慰、严番界、查仓库、禁偷渡"，一会儿请"防兵丁冒替"什么的，好像也不关多少痛痒。四年后，他回老家主持清源、鳌峰等书院和办理本省团练，升为员外郎，又升郎中。"郎中"差不多是五品，已经相当体面。这一次在福建，郭柏荫一待就待了近二十年。会不会就是在这期间，他父亲郭阶三的身影频频出现在福州的大街小巷中呢？无数高宅大院从眼前阅过之后，黄巷口这座大房子终于被他看中，然后购下了。

原先左右两旁的小门很窄，仅半米多宽，上方是半圆形的，据说先前是专供仆人家丁进出的。郭家对面一位姓赵的老伯解放初期还常从小门进入大院内玩耍，有时天太热，郭家的人也很大方地让他在厢房的阴凉木地板上睡个午觉。

小花园里的这棵老树，可曾目睹过当年郭家子弟五子登科的盛况？

孔庙前的这几个大字据说是郭柏荫所书

郭家子弟读书处

他说，印象最深的是回廊，进了门，过了门头房就有了，在天井的两旁，三进都有。如果是雨天，根本不必打伞，从大门一直走到后门，身上都不会淋半滴雨。而回廊上铺着的都是又宽又长的青石板，又冰凉又干净，光着脚丫子踩在上面，噼噼啪啪发出清脆的声响，屋檐间还有一缕淡淡的回音。

旧时官宦富商的大宅内都不缺回廊，在自己的家中，沿着细长的回廊蜿蜒漫步，赏花听雨，观星望月，诗意马上就出来了。郭家大院的回廊看上去比别家更简练狭长，从进门开始，沿两旁风火墙可以一直抵达后院的藏书楼。而他家花厅前的庭院也相当别致，假

山、鱼池、花亭等等一概不少。许多老式建筑物中，花厅往往仅一进一花园，郭家的花厅却有三进，与大院并列纵深，直通塔巷。

同治元年（1862年），郭柏荫离开家往安庆大营协助曾国藩打太平军之后，升为江苏粮储道，又升按察使。在曾国藩手下他肯定很卖力，很得赏识，所以四年后，又升为江苏布政使，代理巡抚。接着第二年冬天，曾国藩又推荐他任江西巡抚，接着改调湖北，署理湖广总督，代理巡抚。到了同治八年，总督卸掉了，专为巡抚。但第二年，他又复署湖广总督，不久，又专为巡抚。几年的时间里，变化来变化去，

总之挺复杂的。他自己好像也有些厌倦了，就"因疾请辞"，于光绪元年（1884年）回到福州家中，那时他已经六十八岁了。不过也没闲着，为家乡做了不少事，比如第二年福州大水，他出面负责浚河排涝，又到鳌峰书院讲学，还倡修被大火烧毁的孔庙等等，也算老有所为了。这些公益事做多了，心情不错，身体可能反而比先前健康了起来，所以因病辞职后，他又活了九年。从十七岁考中秀才开始，一路走来，还算平坦顺利，没有什么大挫折，最后在自己家中寿终正寝，也算是有福之人了。

而他的弟弟郭柏苍，二十三岁时中了举人，道光二十一年和二十四年曾两度进京参加会试都无功而返，之后，就再也不把自己吊在科举这棵树上了。当郭柏荫受命在家乡办理团练时，曾让郭柏苍协助过，这可能算是郭柏苍一生中做过的最不随心所欲的"官事"了。

郭柏苍活到七十五岁，却有四十多年的时间是花在四处勘察江河、港湾和地下水源以及整理地方文献、兴建学校和祠堂之类的事情上了。其实除了因办团练被授主事，并赏了个员外郎衔之外，也没什么官职正儿八经地落到他身上，1867年他只是应聘主持修筑福州城南城楼，对水道的疏浚畅通竟特别注重。"开城濠，

福州孔庙

疏通龙湫河，又呈请修复三元沟和七星沟"，弄好后，他还不放心，又对"沟流所经穿过民屋城墙特竖巨碑数处。复刊成书以便后来辨认"，心操得实在不少。

到了1877年，福州当局把已经六十岁的郭柏苍派去主持疏浚怀安、兴塘、濂浦等江，以减轻福州城的水患，他也没推辞，总是兴冲冲跑到现场，"箬冠藤杖风前立，寒影翩翩在夕阳"。亲自督工还不够，他又先后写了《三元沟始末》《闽会水利故》等书，把这几次水利建设情况详细记录下来，成为福州市水利方面非常珍贵的参考资料。

他还写了其他一些书，内容是研究天文、地理、河运以及福建山川风土、人文史迹、物产动植物等等，居然这么多东西都做得津津有味，所以他留下的著作门类特别庞杂，《海错百一录》是他深入沿海各地搜集海产资源材料后考证编著的，《闽产录异》是记载福建及台湾的土特产、动植物和矿产的，《竹间十日话》是辑录地方历史掌故的，《新港开塞论》《福州浚湖事略》等书是记叙水利建设的，而《柳湄小榭诗集》《鄂跗草堂诗集》等则是诗文手稿。不能说他在这么多方面都达到多高的成就，他所著的书后来没有一本成为"名著"，可是，这个书生，他是不是有些特别？有些有趣？竟如此不安分，如此目光四处梭巡，兴奋点东跑西跳。在郭家子弟数人中，他可能是活得最恣意的一个。

孔庙内

140

而且，他嗜好藏书，购下的书籍不计其数。"补蕉山馆""鄂跗草堂""三峰草庐""沁泉山馆""葭拊草堂""秋翠院""红雨山房"等等，一个人居然有这么多的藏书室！可惜郭家大院的书房如今大都已经坍塌了，旧址或荒芜着，或建起新房，唯余一方摇摇欲坠的瓦顶苟延残喘，孤独遮蔽着偶尔在此驻足的人们。

郭阶三的其他三个儿子记载不多，包括大儿子郭柏心。史料只查到郭柏心中举后，在广东任过知县，官不大，七品而已，估计作为也有限。无论如何，到外做官，阅尽春色，尝遍冷暖，终究还是要告老返乡的，他的子孙也大都留在福州老家生活。

郭化若，这个名字现在很多上了五十岁的人都相当熟悉。对郭家来说，他是郭柏心的曾孙，对中国革命来说，他是"一代儒将"，抗日战争时期任中共中央军委编译部部长，军委第一局局长；解放战争时期任鲁南军区副司令员兼武装部部长，华东野战军第六纵队副司令员、第四纵队政委等职；解放后任上海防空司令部司令员兼政委、中国军事科学院副院长等职。郭化若在福州一直生长了二十多年，1925年以第一名的成绩考入黄埔军校，成为黄埔第四期学员，从此开始了漫长的戎马生涯，1995年在北京逝世，终年九十一岁。

郭化若

站在郭家大门外往左看，几步之遥就是福州最繁华热闹的东街口，缤纷的商店与广告牌铺天盖地，鼎沸的车声与人声扑面而来。天渐渐黑下来，五彩灯光也开始次第闪烁，这时候，总有种身子蓦然腾空一跃的恍惚——门内门外，竟一步就从历史深处跨回到现实之中了。

流年似水，多少往事都吹散在风中，毕竟换了人间。

文儒坊里的武将

一

福州水系发达，植物茂盛，云慢悠悠地飘，水绿油油地流，并且四面环山，山像一圈厚厚的盔甲，把外面的纷争纷扰挡得云淡风轻了。

这是一个充满柴米油盐、轻歌曼舞的安逸之城，这是一个可以过自在日子的地方。福州男人放在这样的一幅背景下呈现，他们的脸色有些阴柔，脚步有些恬淡，连呼出去的气似乎都格外温良恭俭让，一副懂得照顾家庭、体恤妻子、怜爱子女的模范丈夫形象。但其实在脉脉温情之外，也仍然有血性豪情弥漫于温暖湿润的空气中，猛然间一爆发，便可能似惊雷。

把从三坊七巷走出的名声显赫的军人稍一排列，立即就有壮观场面出现：明朝抗倭名将张经，民国海军总长刘冠雄，民国海军总司令部左司令蓝建枢，曾任上海防空司令部司令员兼政委、中国军事科学院副院长等职的郭化若……

比如文儒坊。据《榕城考古略》中记载，文儒坊初名儒林坊，宋朝时，巷子里出了一位国子监祭酒，叫郑穆。国子监是国家设立的最高学府，"祭酒"则是主持最高学府的长官，从三品的官职，这样一个巨儒，让整条巷子都为之熠熠生辉了，所以改名"文儒坊"。之后，高官、大儒、富商纷至沓来，购下房，建起屋，安顿下日子。

书声琅琅、酒肉腾腾的地方，纸醉金迷似乎都唯恐不及，却仍然有刀剑起舞了。寒光照铁衣，将军百战死——已经死去的两位大将，甘国宝与陈季良，他们与张经一样，竟都在秀才雅士扎堆的文儒坊里长出另一种骨骼与血脉。

甘国宝的两种传奇

1733年，一个看上去非常清瘦文弱的青年从文儒坊一座如今已经破败不堪的屋子走出去，走向遥远的京城。

他自己也没想到，这一走，他的人生就走出了一个传奇。

更没想到，在逝去若干年后，这个传奇竟愈演愈烈，一而再地被搬上舞台或银幕，老百姓以自己独特的方式，恣意而执着地将他的故事演绎得跌宕起伏神乎其神。

甘国宝，这是他的名字。

他的长相实在很难让人恭维，若是在舞台上，那副局促的五官通常都是反面角色的形象。可是，无论在闽剧、评话、歌仔册还是在电影中，他都是高大威武、光彩照人的英雄。

一个清朝雍正年间普普通通的武进士，为什么竟能成为福州、闽南以及台湾地区民间知名度极高的一位古人？

关于甘国宝的戏有多个版本，其中一种版本是这样的：甘国宝与表姐王莲莲自幼在外婆家长大，后拜师学做鞋，却嗜赌成性，连师父经营鞋柜的钱都被他偷出输光。他向表姐借钱却遭讽刺，只好赴台湾投军。几年后衣锦还乡，此时他父亲已与多年失散的妹妹相认，这个妹妹竟是当朝皇帝乾隆的生母。甘太后怜爱侄子，让乾隆赐官给这个表弟。乾隆把官职从小到大摆出十二个，甘太后都不满意，一直到"九门提督"，甘太后才笑了。于是甘国宝飞黄腾达，一日十三升。

一日十三升，这可不是小事，肯定轰动朝野。但是所有官修正史中却从不见只言片

甘国宝画像

语的记载。

从贫贱的鞋店学徒工到贵为乾隆的表弟，从嗜赌成性到壮士凯旋再到九门提督，人生际遇反差如此之大，几乎天壤之别，这究竟是真还是假？或者说哪些是真哪些是假？

据《屏南县志》记载，甘国宝生于康熙四十八年，即1709年，老家在屏南县漈下村。七岁时全家搬到古田县长岭村生活。雍正四年，即1726年，甘家再次搬迁，这一搬，就搬进福州三坊七巷中的文儒坊，那年甘国宝十七岁。

但一位台湾作家却认为甘国宝是在乾隆二十六年即

1761年，当他五十二岁在福建水师提督任上时，才到福州文儒坊购房居住的。他甚至言之凿凿地撰文写道：甘国宝的家是"三进式封火墙环包的土木结构的房屋，首进三间排，后进'倒朝'，大厅面积约六十平方米，厅前有走廊、天井，还有右花厅；青石柱础、楠木花窗，精工细刻；三进均为穿斗式结构，堂皇典雅……"

也就是说，甘国宝住进文儒坊的时间，《屏南县志》中记载的与台湾作家认定的时间相差了三十五年。但有一点却是相同的，那就是：甘国宝的故居在文儒坊二十八号。

二十八号其实不是现存的文儒坊五十一号那幢老房子，那么确切的地点在哪里呢？

文儒坊长达四百六十多米，其长度在三坊七巷中排在首位。立在坊口的这块石碑，上面阴刻着这样的一段文字："坊墙之内，不得私行开门并奉祀神佛、搭盖遮蔽、寄顿物件，以防疏虞；三社官街，禁排列木料等物。"竟然是很"精神文明"的公约，在城市一条小街巷刻碑立约，在全国都是极为罕见的。但这个碑与甘国宝毫无关系，碑订立的时间是光绪辛巳年，即1881年，那时，甘国宝已经逝去一百零五年了。

按旧的门牌号来找，文儒坊二十八号现在已经在通湖路那一头了。

福州西面的旧城墙原来就筑在文儒坊尽头，1919年墙拆了，先修了环城路，再修通湖路，通湖路把文儒坊一截两段。

无论甘国宝是在1726年还是在1761年开始居住文儒坊的，反正这是他的故居所在地，这一点看来没有异议。

可惜只剩下一堵老墙了。

民国三十七年六月中旬，福州曾经遭受一场百年未遇的大洪水，最高水位超过警戒线五米多。纸褙的福州，到处都是咿咿呀呀的土房木屋，水漫上来，一股忧心的恐惧早已先期抵达，浸淹了整座城市。于是，鼓楼楼顶等高处就出现这样一个奇特景观：一根木杆高高竖起，白天挂旗，晚上挂灯。上游洪汛一到，就悬挂出黑旗作为记号，水位增高到可能泛滥时，就加挂一面蓝旗报警，水淹到洼处就敲钟广而告之。到了晚上，高处挂起白灯笼，上面写着"洪水预报"，如果水位急涨，则改挂

甘国宝的故乡

甘家祖屋只剩下老树与老墙了

红灯笼，上面写着"洪水警报"。大红灯笼高高挂，也并不都是诗意浪漫的，那一场大水，鼓楼区死了四十三人，倒了一千九百一十九间房子和二千九百五十四座墙，还失踪了十七人。

水来了，水把甘家大院淹到一米多高，差不多到脖子那儿。结果屋塌了，墙倒了，大水把二十八号甘家大院也一口吞掉了。当地人传说：那一次，甘家一下子就被压死了九个人。

四十三人中的九人？没有史料可以证实这个说法。一座与一条横贯福建的大江紧密相依的城市，水的恩泽日沐夜浴，而水的偶尔侵害又怎么能避免呢？尤其在从前，在防洪设施远没有完善起来的从前，大水几乎每年都要以狂妄不羁的姿态反复提醒人们对它的记忆。水来了，又去了，城市强大的步履没有因此停下，一座房子的生命却戛然而止了。

那么，五十一号房与二十八号房又有什么关系呢？

有一种说法是，五十一号房最初只是甘家的祠堂。还有一种说法是佛堂。据说甘国宝的母亲热衷于吃斋念佛，甘国宝颇为孝顺，就专门为母亲购下五十一号这幢房子，让母亲长期居住。如果此种说法无误，那么乾隆二十一年，即1756年他的母亲就是在这幢屋子里逝去的。当时从贵州威宁镇总兵任上赶回来的甘国宝，也是来此奔丧的。

后来，不知是从什么时候开始，这里就再不是祠堂或佛堂了，而是住满甘家后人。

民国三十七年那场大水，把五十一号房的前半部分也同时淹倒塌了，仅剩下后面那幢书房。

《屏南县志》修纂于乾隆五年，即1740年，由当时的屏南县令沈钟主修。1740年甘国宝尚在人世，沈钟以县令之尊，断不敢胡说瞎定，因此这本县志上所记载的还是真实可靠的。也就是说，1726年，文儒坊空地上其实就已经频频

出现少年甘国宝矫健敏捷的身影了。与戏中懒惰、嗜赌、不思长进相反的是，寒风中烈日下，少年甘国宝勤学苦练，武艺超群，尤其擅长弯弓射箭。击拳踢腿，棍棒飞舞，利箭嗖嗖穿梭。

三年后，也即雍正七年，他中武举人，雍正十一年又中武进士，而且是会试第三名，殿试二甲八名，被授为御前侍卫。

三坊七巷中走出的大多是青灯伴苦读、青衫裹瘦骨的文弱书生，学而优则仕是他们眼中最明媚的阳光大道。甘国宝武而优则仕，异曲同工，这个"异"，倒是让他在这一块不大的坊巷中显得很异类，举止有点帅，表情有点酷。

甘家五十一号房的斜对面，是明代抗倭名将张经的老家。

张经在嘉靖十六年，即1537年任兵部左侍郎、总督两广军务，后又任南京兵部尚书。

"嘉靖"一词的意思是"以美好的教化安定平服"，但事实上那个时代却与"美好""安定"相去甚远。嘉靖皇帝沉迷于道教，即位后第二年，就于宫内建斋醮，日夜不

穿过这道门就是甘家残存的小楼

绝。还将道士授为礼部尚书，拜为神仙高士，将灾害看成是神意，就是叛卒之就擒，海盗之被杀，也认为是神保佑的结果，后来则干脆带着后宫妃嫔移居西苑万寿宫，宣称谢绝尘世，专心修道去了。户部尚书海瑞见国事日益衰颓，忧心如焚，他先买了一口棺材，与妻子诀别，然后冒死呈上一份措辞尖锐的《治安疏》，指出世宗"以猜疑诽谤，戮辱臣下"，招致"天下吏贪将弱，民不聊生，水旱靡时，盗贼滋炽"，希望嘉靖看后能迷途知返，致力治理国家。结果却"海瑞上疏，下锦衣卫狱"。

而奸臣严嵩却被授予武英殿大学士，朝夕陪在西苑。由于嘉靖皇帝不上朝，大臣难得见上一面，只有严嵩服侍左右，严嵩因此大权在握了二十一年，其间他都干了什么呢？排斥异己、重用亲信、大肆掠财，尤其是他吞没军饷，造成战备废弛，终致国防空虚，不堪一击。

积极抗倭的张经在严嵩看起来肯定很不顺眼。

嘉靖三十三年，倭寇在江浙沿海一带为患更为严重，张经以总督大臣总督江南江北包括山东、浙江、福建、湖南、湖北、广西、广东七省诸军抗倭。嘉靖三十四年，张经在苏松总兵俞大猷、副总兵卢镗的配合下，先后在浙江嘉兴市北一带大破倭寇，被称为"军兴以来战功第一"，却被严嵩诬为养寇不战。那一年十月被斩于北京。

与张经同一时代的戚继光，嘉靖年间也数次入闽灭倭，途经福州时，据说也曾在文儒坊闽山巷内暂住。

当血气方刚的甘国宝行走在悠悠老巷中时，张经和戚继光的身影是否曾一次又一次迭现于他的眼前？男儿肩担道义成就大业的志向是否就在此时生成于胸中？

接下去的日子里，甘国宝当了侍卫大臣，又任广东右翼镇标中军游击，接着升任参将，从乾隆二十年开始，他相继任贵州威宁、江南苏松、浙江温州、闽粤南澳总兵。

戏里说，他因为不学好，赌博输光师傅的钱，走投无路，于是不得不去台湾当兵。

台湾他的确去了，但不是万般无奈的投奔。乾隆二十四年，即1759年，他风风光光地渡海赴台，当他的总兵大人去了。两年后，他又回到老家，升为福建水师提督。接着，他又复任台湾总兵、再任广东提督、福建陆路提督等等，却始终没有当过"九门提督"。

乾隆皇帝因为这几年在电视里被人活色生香地反复"戏说"，弄得他在死去两百来年后，还能甩着一根辫子神气活现，其知名度可能已经上升为历代帝王之首了。大家对他的看法是挺风流倜傥的，经常摇一把折扇到民间去搞几个民女，然后生出紫薇姑娘之类的龙子龙女。女观众对他的印象似乎更好些，英俊潇洒、浪漫多情，而且位高权重、腰包丰满，所谓好男人的优点都重重堆砌到他身上了。这样一个生动有趣的皇帝其实比甘国宝小两岁，两人如果真是表亲的话，那么甘国宝应该是乾隆的

1919年修路，文儒坊被一截两段了

表兄而不是表弟。雍正元年，即公元1723年，当甘国宝还在古田县长岭村的田野上尽情奔跑跳跃时，雍正皇帝正处心积虑地把立第四子弘历为继位者的密书藏到匣子里，放到乾清宫正中最高处这块"光明正大"的匾额后面。

雍正十一年，即甘国宝中武进士的1733年，弘历被封为和硕宝亲王。那时，出来"殿试"的皇帝还是雍正。

两年后，雍正死，二十五岁的弘历即位，改年号乾隆。按戏里所说，甘国宝此时应该还在台湾当千总大人，事实上甘国宝正在宫内，任御前侍卫。

闽剧有一版本说甘国宝从台湾回来，在进京报捷的途中，巧遇微服私访江南的乾隆有难，在雷霆万钧之际，甘国宝侠客般从天而降，宝剑飞舞，身手敏捷，瞬间杀手们已经遍地横尸了。奋命救主，这已经了不得，接下去，甘国宝又不辞辛苦地将乾隆一路护驾回京，忠心耿耿，功比天高。乾隆哪有不受用的？龙颜一喜，一下子赐他"九门提督"。

历史上乾隆帝确曾六下江南，每次出行，随从无数，侍卫成群，地方官吏办差接驾更是兴师动众。而且乾隆能文善武，枪法精准，即使甘国宝愿意不惜性命挺身救主，也实在很难捞到这样的机会。

不过乾隆对甘国宝确实还是比较器重的，派他到台湾当总兵时，还召谕道："此系第一要地，不同他处，非才干优良、见识明彻者不能胜任。"乾隆二十六年，甘国宝在福建水师提督任上时，曾进京述职，上奏海疆的情况。乾隆帝似乎挺满意的，曾召见赐食，赏戴花翎。

乾隆三十三年，即1768年，在甘国宝五十九岁时，乾隆还御书一块"福"字竖匾赠予他，这块匾至今仍存放在屏南县漈下村甘氏宗祠内。

可以想见甘国宝接过匾时的激动之情，匍匐在地三呼万岁都不足以将他内心波涛表达出一滴。他倒是很愿意当一当皇帝的表弟，皇亲国戚怎么也亏不到哪里去，可是，毫无疑问，事实根本不是这么回事。乾隆的母亲钮祜禄氏是雍正的皇后，正宗的满洲镶黄旗人，不姓甘，更不是汉女。

无论戏里戏外，甘国宝一生最出彩的章节都是在台湾写下的。

乾隆二十四年离康熙把台湾收归大清版图已经有七十多年的时间，一个游离大陆的肥沃岛屿，倭寇哪里肯放过，烧杀抢掠，做的都是类似的恶事。身为台湾总兵的甘国宝便亲自"督率小船在外海经常巡逻"。

乾隆三十年他再任台湾总兵时，仍然日日出海巡逻。在他看来，"防陆者不可处于家，防海者不可处于陆"，倭寇从海上来，他就身先士卒拾身迎上。海峡上的风把他战袍吹动，猎猎作响，虎虎生威。两次任总兵，他一共在台湾待了四年多的时间，结果倭寇"慑其威，服其勇"，不敢再来放肆。

而且他倡导礼义，注重耕种，使"兵安其伍，民安其业"。当他擢升为广东提督离开台湾时，百姓竟"送万民伞、万民旗，同舟送行至鹿耳门，不忍分手，挥泪而别"。

甘国宝再次调任台湾总兵时，台湾的老百姓又夹道欢迎，后还为他建祠设祀，把他的故事编成歌仔戏，代代传唱。

乾隆御赐福字匾

甘家小楼

甘家老宅里只有这口老井仍一成不变

老百姓可不是傻瓜，他们的不舍之泪绝不会为贪官暴吏涓涓付出。而乾隆也对他投来欣赏的眼光，"嘉其功绩，诰授荣禄大夫"。为官一任，让"领导"与群众都满意实在不是件容易的事，甘国宝看来真的做得很不错。

台湾导演李泉溪曾执导过一部影片：《甘国宝大破白水庄》。而闽剧中也有甘国宝大战白水庄的故事。

据说白水庄在浙江省境内，庄主白水是和珅的义子，他仗势鱼肉百姓，无恶不作，并积极为和珅收罗党羽，伺机谋反。某日白水来到福州，无端嫁祸王莲莲的丈夫郑诚，将其劫走。王莲莲原先对甘国宝势利眼，得知甘国宝得势后，不得不进京向他求救。甘国宝因要为国除奸为民除害，前嫌尽弃，与宰相刘墉，即刘罗锅商议密谋后，率兵智破白水庄，活捉白水，气坏和珅。

乾隆三十四年（1769年）甘国宝调任福建陆路提督，兼闽阅操大臣。"提督"的全称为"提督军务总兵官"，已经六十岁的甘国宝依旧操持老本行，战袍宛若第二皮肤，他不能卸去。比之先前辗转各地的短暂任职经历，这一次他在老家把这个"提督"当得最久。可是文儒坊幽长老巷中行走的再也不是当年的英武少年了，刀挥棍舞利箭如梭的日子退到远处，只依稀有淡墨般的清香隐约而来，将一颗日臻衰败的身躯轻轻抚慰。想当年金戈铁马，气吞万里如虎。——"虎"的形象此时必定愈来愈频繁地出现在他的神往中。《屏南县志》记载，甘国宝善画虎，不是用毛笔画，而是用手指。"其'指虎'形态各异，有走虎、卧虎、蹲虎、上山虎、下山虎，都能'传其威鸷之神'，栩栩如生"。老了，镜中双鬓已先斑，倚天无法仗剑，弯弓不能射雕，让一个戎马生涯四十余载的将士情寄何处？沾墨画虎吧，就让依旧激烈的豪情顺着枯瘦的指尖缓缓流出，流成虎的生机与威猛。

他的作品如今在网络上就能找到，鼠标一点，一只肥硕地撅着尾巴急于下山的胖虎就憨态可掬地展现眼前了。名家画作被人珍藏顺理成章，可他只是个军人，艺术造诣看上去也并不出众，可是两百多年过去了，其画作竟也一直被人钟爱着珍藏着，这是个奇怪的事实。更奇怪的是，三坊七巷中有过无数的巨商富贾达官名儒，只有他被涂抹了层层油彩，近百年来始终在海峡两岸的舞台上熠熠生辉。

从清末开始，甘国宝就成了最吸引福州百姓的戏剧人物，他的不争气，他的走投无路窘迫难堪，他的峰回路转柳暗花明，他的功成名就扬眉吐气，一切都煞有介事地铺叙着。据说20世纪二三十年代，福州曾出现两三个戏班竞相选用名角演出《甘国宝》，彼此都憋口气进行赛戏，煞是热闹。一直到80年代中期，连江县闽剧团编演的《甘国宝》，还轰动一时，在福州五区八县连续上演一千多场，场场爆满。

在戏里他栩栩如生，输钱的悔痛、被讥讽的尴尬、出走的悲壮、功成名就的得意，所有的细节都纤毫毕现惟妙惟肖，人们竭尽想象力将一个"浪子回头金不换"的故事演绎得淋漓尽致跌宕起伏，可是关于他的真实故事却是零星破碎模糊不清的，没有多少完整具体的记载。

1776年，他出巡闽地八府，途经泉州府时忽染重病而逝，终年六十七周岁。

染什么病？不知道。据说尸骨从泉州运回后，葬在福州北郊外的猫儿山。但究竟是在猫儿山上具体何处？不知道。

还有更多的不知道：父辈的屡屡迁徙是迫于无奈还是

乐此不疲？家族有过怎样的悲欢情节？婚恋的花烛何时点燃？子孙的繁衍是密是疏？这一切，都很难说得清。

曾经气势恢宏人丁兴旺的甘家大院现在只剩下文儒坊五十一号这幢枯叶般残败的老屋了。

时间可以把很多东西带走，带不走的是谜一般的传奇。

在甘国宝死后两百多年，2003年8月，福建省成立了关于他的研究会，次月，台湾也相应成立了"甘国宝历史文化研究会"。

当那个虚构的甘国宝仍栩栩如生地在民间继续演绎跌宕起伏的人生故事时，另一个真实的甘国宝，终于越来越清晰地被还原到历史的位置上了。

一个生命的两段章节

从甘国宝故居往东走，不足百米，就到了文儒坊十九号大屋前，房前的牌子挂着"林则徐母亲故居"，事实上它也是陈季良故居。林则徐母亲陈帙算起来是陈季良姨祖母辈的，而林则徐则是表舅公。

与甘国宝不同，陈季良不是通过科举走上仕途的，光绪二十二年，即1896年，他考入南京江南水师学堂驾驶班，毕业后就一直在海军中任职。

1920年以前他名叫陈世英，改名那年他已经三十一岁，是国民海军排水量达五百五十吨的"江亨"号舰长，功也成了，名也就了，却突然把名字改掉，为什么？

这与一件当时影响巨大的事件有关。

1917年，第一次世界大战打得正激烈时，俄国十月革命爆发了。在夺取政权后，苏维埃政府与德国签下了停战协议。本来是人家自己的事，英日法美等国却不高兴了，十四个协约国一商量，决定出兵干涉，这其中，日本派出的兵力最多。中国作为当时的协约国之一，也派出了海军一艘舰、陆军一个团。

陆军第九师一个团的官兵在团长宋焕章的带领下，分六批共两千多人从北京乘火车经哈尔滨抵达海参崴。很快，由林建章率领的海军"海容"号巡洋舰也到达这里。

海参崴以前是中国的领土，1860年沙俄政府强迫清政府签订《中俄北京条约》，致使包括海参崴在内的乌苏里江以东四十多万平方公里的土地被割让给了俄国。1862年，俄国将海参崴改为符拉迪沃斯托克，翻译成汉语就是：征服东方。这个交通要塞因为贸易活跃，经济发达，在当地有"金窝子，金葳子"之称。中国军队把司令部设在这里，两千多陆军士兵则分别驻海参崴、伯力、庙街等地。

当时有舆论对结集在这里的十四国士兵做过评论：供应最好的是美国，军纪最差的是日本，军容最整和战绩最好的是中国。"战绩最好"不是打出来的，而是因为不打。当时苏俄国内形势复杂，还无暇顾及西伯利亚的这一头，只有一些游击队在这一带活跃着。游击队最常与日本兵遭遇上，

因为讨厌日本人，俄方常对日本小分队下手，灭掉不少。而他们与中国军队却关系不错，从没有冲突，即使碰上了，最多朝天放几枪就了事。以"干涉"为目的而北上的中国军队，在那里其实只是做了些保护华侨、维护社会秩序之类的事，所以他们不太惹人烦。

1919年夏天，西伯利亚依然只是一些装备简陋的红军游击队在活动，但俄国的整个形势已经渐渐明朗，乌克兰、白俄罗斯等都相继成立苏维埃社会主义共和国，已经没有什么力量可以阻挡局势的发展，所以，再"干涉"下去既不明

文儒坊十九号

智，也没有意义。各协约国于是开始撤军，包括"海容"号在内的中国军队也离开海参崴等地。只有日本军队没有走，他们不但不撤，反而从国内调增来了五千兵力。为什么？

"日本处境，与美国不同。就俄国过激派现势观察，实足危及日本安全。"这是他们的理由。跑到别人家里保卫自家的安全？逻辑很荒谬。又说："西伯利亚的政局，影响波及满洲、朝鲜，危及日本侨民，所以不便撤兵。"话似乎又义正词严的，朝鲜那时与日本是"合邦国"，但东三省是中国的领土，怎么也被日本人收入囊中视为己有了？

野心暴露出来了，他们窥视的不仅是西伯利亚，还有富饶的黑龙江流域。

依据咸丰八年，即1858年签订的丧权辱国的《瑷珲条约》规定，中俄的船只都可在黑龙江、乌苏里江上行驶，但航权却被沙俄独占，四十二家中国轮船公司的一百零六艘船只在自己的江面上行驶，都不得安宁，常常受白俄的侵扰。

既然沙皇倒台了，日本又虎视眈眈，此时不把航权拿回来，更待何时？

提出这个建议的是一个福州人，名叫王崇文，时任海军部少将参事。而海军总长萨镇冰也是福州人，他一听这个建议，认为好，同意了。于是派王崇文为吉黑江防筹办处处长，并饬海军总司令，然后又派出海军第二舰队的"江亨""利捷""利绥""利川"四艘军舰也北上，驻防松、黑二江。这支统称为吉黑江防舰队的领队就是陈世英，"江亨"海防炮艇舰的舰长。

行程不是很方便，从上海高昌庙港出发，经黄海、日本海，然后取道海参崴，再经鞑靼岛、庙街和伯力，才能抵达黑龙江。而且，"利捷""利川"舰是浅水舰，又是平底，航海中经不起风浪，只能将两舰各造木壳，掩盖舰面，并将各舱口盖紧，形成蛋式，然后再派运输舰"靖安号"拖带行驶。这么一来二去，颇耗去了一些时间。

军舰开到鞑靼岛时，遇到新的问题：对接下去的航线不熟。陈世英派人上岸寻找领港员，一时又找不到。

天气已经冷下来了。四艘舰上，包括四个舰长在内，几乎是清一色的福州人。九月，在故乡福州，酷暑炎热还未褪尽，可是在大北方，却已经时不时有雪粒落下来了，江面也渐渐出现冰冻的前兆。怎么办？时间不等人，只能冒险前行，否则一旦冰雪封江，舰艇就寸步难行。

第二天，舰队到达庙街。

庙街位于黑龙江入海口附近，原先也是中国领土，1850年被沙俄强占后，改名为"尼古拉也夫斯克"，这正是当时沙皇的名字。因为是交通要塞，当地经济相当发达，光在此经商的华侨就有两千多人。见到中国舰只，华侨十分激动，纷纷登舰参观、慰问。陈世英借机向他们了解当地情况，获知每年江面都是在这段时间内就封冰了，航行事不宜

任"江亨"舰长时的陈世英

迟，越快越好。一个熟悉航道的华侨甚至愿意充当领航员，帮助中国舰队驶往黑龙江。陈世英很高兴，一边让已经完成航海拖带任务的"靖安"号返回上海，一边决定四军舰当天启航驶往黑龙江。

但是他们没有走成。

日军在庙街驻扎有近千名士兵，还有四艘驱逐舰和一艘巡洋舰。除此以外，还有不少受他们支持的白俄军队。那天，当四艘军舰驶近一座宏伟的铁路桥时，突然莫名其妙地遭遇一阵炮击。炮不是直接朝舰身开的，一枚枚炮弹都从旁边嗖嗖飞过。怎么回事？原来是日军开的炮。不仅炮击，他们还在水下布着水雷。姿态是明摆的，他们以武力威吓，目的是阻拦中国军舰前行。

因为怕出意外，陈世英只好让四艘舰返回庙街泊下。接下去，江面很快结冰冻住了，想走也走不了。

十月下旬，苏维埃红军来了，他们一是要驱赶日本人，二是剿灭白俄军队。仗打起来了，武装冲突不断发生。

一天，一个白俄军官来向陈世英求救，说他们正被红军追剿，让陈世英动用停泊在这里的军舰援助一下，截击红

中国海军黑龙江受阻

军。陈世英拒绝了。他不是来打仗的，不想引火烧身。

几天后，红军骑兵沿着已经冻成铁般坚硬的冰面飞驰而下，很快攻进庙街。白俄军队向东溃逃，而日军则缩进日本领事馆内，想以此为防线，负隅反抗。

陈世英看到，那些红军虽然装备简陋，军纪却很好，街上除日本商店关门外，其余的都正常营业，老百姓的生活没有受影响。一天，一男一女两个红军找上门来了，男人中年，没有左臂，女人年轻，相当美貌。原来是红军一支游击队的正副司令，他们得知有支中国舰队停留这里，特地来拜访。双方交谈得不错，气氛宽松和谐，彼此都留下很好的印象。

过些日子，他们的手下又来了，居然开口借炮。

原来当地居民与日侨发生冲突，接着引发日军与红军的激烈交战。日军采取偷袭的方式，夜间向红军发起进攻，红军奋力反击，将日军重新打得缩回领事馆内。红军游击队打算趁此机会消灭日军，但当时他们缺乏重型武器，领事馆内的工事非常坚固，围困了几日，没有其他办法，最后想到了中国军舰。

陈世英没有像上次白俄军官来求援时那样一口回绝。打日本人，他心底是乐意的。

1894年的甲午海战，是多少中国海军官兵埋在心底永难消弭的锐痛！陈世英不是出生海军世家，他的曾祖父陈鸣昌、祖父陈翼谋都是举人，父亲陈镜河曾任江苏知县，都是老老实实走科举路的文弱书生。甲午海战发生那一年，他还年幼，只有五岁。但十四岁时他考进江南水师学堂第四届

陈季良为自己建的西洋小楼

驾驶班，毕业后登上军舰了，任"海容"鱼雷大副和枪炮大副。戎马生涯里，他一次次从前辈嘴里、一次次从书本里史料中了解了关于甲午血战的点点滴滴，切肤之痛、之恨、之不甘于是也一次次涌起。——这是旧恨，而新仇很新，就发生在眼前：如果不是日军开炮、布雷，他的舰队不可能困在冰天雪地的庙街！

他把"利捷""利绥""利川"的舰长召集起来，征求他们的意见。

没有意见，打日本，借！

边炮一尊，格林炮一尊，外加炮弹二十一发。苏联红军把这些宝贝弄去后，如虎添翼，很快就将日本领事馆攻破，击毙日军数十人，俘虏一百三十余人。

相当解气。这么多年来，日本兵蛮横无理到处耀武扬威，终于，他们也有这一天！

但是麻烦紧随而来。

随着天气渐渐暖和，红军游击队往内陆撤，而江面上则开始出现越来越多的日本军舰，仔细一数，达二十余艘；空中也不时有侦察机飞过。

红军游击队撤退之前，把大炮悉数归还，并嘱陈世英小心日军的报复。在多年与日军

陈季良中将

的冲突摩擦中，他们对这支军队的德行实在太熟悉太了解了。

陈世英没有让自己的舰队立即起锚远航，他担心途中遭袭，毕竟双方军力过于悬殊。暂时先留下，静观其变吧。

日军果然登上"江亨"舰了，一方面是谴责，一方面是为了搜集证据。临走时，留下话，扬言如果一个星期内找不到证据，就将"江亨"等四舰全部击沉，不留一个中国人。然后他们就派兵将陈世英的舰队监视起来。

陈世英并没有低估日军的歹毒和残忍，但到了此时，就没什么可恐惧与害怕的了。他让手下把水门准备好，水门

三坊七巷

在舰底，如果双方交战，一旦弹尽食绝，就把水门打开，让舰进水沉没。与舰共存亡总比死在日本人手里强吧。

但也不能坐以待毙。不知道陈世英在这个关头是不是想到了诸葛亮的空城计。天寒地冻，受困半年，他手下一个个在温暖湿润的福州长大的将士，却居然每天都精神抖擞地在甲板上擦炮搬弹，严阵以待，一门门炮口毫不示弱地昂起头与日军对峙。

"不怕"此时成了最强大的武器，日军果然有些怵，一个星期过去了，并不敢真的动手。

但让日军因此善罢甘休也是不可能的。很快，日本政府向中国政府提出了交涉，无非是老一套：要求道歉、赔款和严惩对此事负有责任的中国人。

那时中国国内正忙于军阀混战，政府要员们哪还有心思再为"国际事件"分神？于是人家提什么，我们答应什么——包括答应将陈世英撤职处分，"永不叙用"。

这就是轰动一时的"庙街事件"。

陈世英的职最终撤了吗？没有。他在日本人面前临危不惧的勇气，让海军同仁击掌叫好。中国太缺这样铁骨铮铮的男儿了，海军太需要这样智勇兼备的将士了。北京政府对陈世英的撤职决定，到海军部这里就戛然而止。变通的办法是，陈世英不叫"世英"，

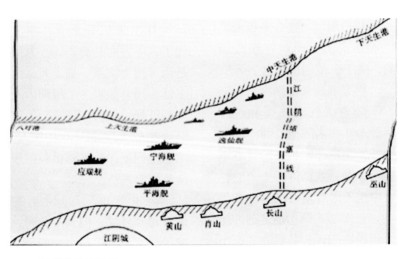
江阴防线示意图

20 世纪 30 年代陈季良亲自设计并主持建造的六角亭——"怡亭"

改成"季良"——原先这是他的号。

陈季良，中国海军将领中突然多出一个新名字。

日本人肯定没有想到，那个让其恨之入骨的中国人，后来又升为海军上校、海军少将、海军第一舰队司令兼闽厦海军警备司令。当然更没想到，1937 年，又是这个人，率领四艘主力战舰和若干艘小军舰、小炮艇，竟然与他们三百多架战机、七十多艘军舰，在江阴浴血搏杀了两个月零一天。并且终于阻遏了他们沿江而上的企图，使他们用三个月时间灭亡中国的梦破灭。

1937 年 9 月，离抗战爆发刚刚两个月。日军发动"卢沟桥事变"后，就由北而南，迅速向全中国渗透。平津失守，太原失守，石家庄失守……日军洪水猛兽般向上海、南京逼近了。

国民政府在南京，必须倾尽全力将日军的铁蹄挡住。

水上是一条脆弱的防线。只有江苏的江阴可试着一搏。

江阴是长江要塞之一，

被炸毁的平海舰

民国海军总长陈绍宽

地处江尾海头，水面比较狭窄，水又不深，历来是大江南北的重要交通枢纽。日军要从上海溯江而上，进犯南京、深入长江腹地，就必须突破这个咽喉。

1937 年 8 月 12 日，在"八一三"淞沪战爆发前一天，夏夜星辰目睹了二十艘民用轮船和八艘废旧的海军舰艇在江阴水面横排开来，然后同时打开舱底阀门，灌水下沉。有几艘船下沉中，被江水推倒或推移，江面出现豁口，马上又用三艘商船和八艘趸船以及一百八十五只装满石子的木帆船填补下去。9 月 21 日，又将当时吨位最大的"海圻"等四舰下沉，填入大豁口。整个江阴堵塞线所用的舰船吨位，据说相当于当时中国海军舰船的总吨位。

这是另一种形式的"破釜沉舟"，气氛有着类似的悲壮，更有着深深的无奈。眼见着朝夕相处、宛若亲人的军舰缓缓没入江中，许多海军官兵不禁潸然泪下。

我们不如人家，差太远了！当时中国海军大小舰艇合起来，总共只有五十七艘，舰船吨位总和不足六万吨，最大者不过三千吨，最小者仅三五百吨，全部合起来还没有日本的二十五分之一，而且设备简陋，武器落后。甲午之战让中国海军元气大伤，所带来的重创是致命的。而日本，不但拥有武器精良、数量庞大、训练有素的海军部队，总吨位达一百一十五万三千余吨居世界第三，实力已接近英美海军，而且还有强大的空军作为后盾。两者相比，如同大象与蚂蚁，这仗怎么打？

终归还是要迎上去的。人家都已经一把斧头砍到你家大门了，你怎么能束手待毙？

时任民国海军常务次长兼第一舰队司令的陈季良，成为江阴封锁区的总指挥。

"军人当忠于职守，勇于从战，以身报国。在陆地战场，人人要有马革裹尸的雄心；在海上战场，人人要有鱼腹葬身的壮志。不管战场环境如何险恶，人人都要杀敌致果，坚持用最后的一发炮弹或一颗鱼雷，换取敌人的相当代价。"这是陈季良在战前动员会上对部下说的。敌我双方力量的悬殊，作为一名海军宿将，他心里实在太清楚了。已经抱着必死决心的他，坐镇旗舰"平海"上，指挥"宁海""应瑞""逸仙"等主力战舰守护在最前沿。

上海那边的形势越来越恶化，8月22日至9月13日，淞沪战场上中国军队十个师、二个旅、一个保安团共有二万五千人伤亡。9月底，在沪日军已增至二十万之多，并开始向中国军队阵地施放毒气，中方伤亡进一步加剧，单顿梧寺一处，中国守军第二十军伤亡人数就达七千余人。11月11日，上海终于全部沦陷。

上海战事吃紧的同时，8月16日，日军就出动了包括当时独霸全球的"九五式水上侦察机"在内的精锐空军部队，对江阴封锁区进行了狂轰滥炸。19日，又有数架日机飞临江阴，炸弹如雨倾泻。不过这一次，他们也有损失：战机被击落一架。

至此，日军还只是试探性地进行几次进攻，江阴之战还未真正拉开。

9月22日上午8时，三十余架日机飞来，中午又来十余架，傍晚五点半再来九架，目标都是中国海军的旗舰"平海"号。紧接着，"平海"的姊妹舰"宁海"，也遭到不下于七十架日机的轰炸。被称为二战中最惨烈的海空血战的江阴保卫战，终于真正开始了。

当时，陈季良就在"平海"舰上，舰上高挂着司令旗。没

当年陈季良曾迈着健步穿过这个门洞

有空军可以做掩护，中国海军完全裸露在日军的炮火之下，陈季良只能指挥部队用高射炮和高射机枪进行悲壮反击。经过六个多小时的激战，击落敌机五架。

烽火连天，鲜血四溅。22日和23日两天，"平海""宁海"两舰共射出高射炮一千三百多发，高射机枪弹一万多发。而敌机，扔下的炸弹更是不计其数。据参战的老兵回忆，当时

"江面上腾起的水柱像树林一般"。"平海""宁海"相继受伤，近百名官兵伤亡。

"平海"被炸毁搁浅后，陈季良又移驻"逸仙"舰指挥，仍然把司令旗悬挂起来。9月25日，十六架日机又接踵向"逸仙"号投弹二十多枚，"逸仙"舰舵舱进水，搁浅下沉，陈季良也被弹片击中腰部，血流如注。日机见"逸仙"舰炮哑火，放肆地超低空飞行，继续轰炸，据说连飞行员的脸都看得很清楚。太欺侮人了，陈季良拔出手枪，向日机射击，舰上其他官兵受到感染，也用手枪步枪朝空中射击，直至打光所有子弹。

仗没有结束。陈季良伤口包扎后，再次移到"定安"舰，还是挂司令旗。挂旗意味着暴露目标，意味着敌机将以加倍的火力锁定这个目标。但陈季良坚持挂。"司令旗在，中国的舰队就在，对敌是蔑视，对自己人是鼓舞。"

整整一个多月，江阴上空都没有阳光，不见白云，炸弹如雨把一切都弄浑浊了。至10月23日，陈季良手下的中国海军第一舰队全军覆没。残阳如血，恰与血红的江面上下照映。一具具中国官兵尸体与一艘艘破碎的舰艇，横陈江面，横陈在1937年那个彻骨哀恸的秋天。

幸亏此时陆军第十五军和海军第二舰队赶到，把身负重伤的陈季良接替下去。江阴之战还在继续。

"这是第一次世界大战以来，我所亲眼看到的最激烈的海空战。"这是当时目睹了江阴之战的一位德国顾问的感慨。他也为陈季良感慨，认为"中国军人如此无畏，中国必胜"！

可是当时，我们根本还无力"必胜"。虽然又拼命死守了一个多月，12月2日，江阴最后还是失守了。

日军曾扬言三个月灭亡中国，但这个梦想，在江阴破灭了。从9月到12月，单一条江阴防线他们就花了三个月。

身负重伤的陈季良被送往重庆万县治疗，直至1945年春去世。这期间，他是否动过回福州文儒坊老家的念头呢？文儒坊十九号是他先祖在1642年购下的，抗战爆发之前，陈季良又将老宅旁边一片旧房子买下重新翻建，组成占地两千多平方米的陈家大院。他当初一定是渴望褪下军装后，能够携妻带子，回到这里安度晚年吧？可惜，不可能了。日寇来了，国破了，他伤了。万县那个阴雨绵绵的春天里，他腰伤复发，再得伤寒，可是却连一支盘尼西林都无法得到。他的夫人要去找一直对他十分赏识的海军总长、福州同乡陈绍宽帮忙，却被陈季良拦住了。"我这身体即使能好，也上不了前线，有盘尼西林还不如用到受伤的年轻军人身上，治好了他们还可以上前线多拼几个日本仔"。

他死了，死后被追认为海军上将。

如果能再撑几个月，他就能看到日本投降啊。可是，他没法看到，含恨而去。临死前交代妻子："不要让我入土，我要看到日本人被打败。等打败了日本人，你就往我的棺材里倒几杯酒，我也要好好庆贺一番。"

他的棺材用水泥做成，入殓后，放置万县山坡上的稻田里。仰面朝天，冤魂不散，他终于看到了胜利的时刻。那一天，几乎所有的人都涌上街头欢呼雀跃，陈季良的夫人却独自跑到丈夫的棺材前痛哭了一场。

之后，他的灵柩被运回福州。是海军"昆仑"号运输舰把这位一生都献给海军事业的将领运回老家的。军舰近闽江口时，福州江防司令李世甲携同陈季良的侄子陈元铬、侄孙陈建威一起坐快艇到长门炮台迎接，然后从马尾到台江海关埕码头上岸，再经过中亭街、南街，一路接连不断举行公祭，无数人簇拥岸边、路边迎接。

魂兮归来，终于还是归到自己的老家。青山依旧在，夕阳依然红，可是这个一生使用两个名字，两个名字都响当当地回响于战场上空的传奇军人，却永远也无法再挺直身板、跨着大步，一脚迈进自己心爱的文儒坊十九号老屋了。

杨桥巷十七号

—

民国初期，三坊七巷中最北侧的杨桥巷被辟为马路。从唐代一直延续下来的完整坊巷格局遭受了最剧烈的一次破坏。巷从此成为路，繁华与时尚在日月星辰的笼罩下，潮水般一天天涨起。只有杨桥巷十七号古朴的朱门灰瓦和曲线山墙顽强地坚守下来，在钢筋水泥的丛林中，它虽然矮小瘦弱，却别有风韵。

　　房子据说建于清中叶，最初的主人是谁现在已经无从知晓，往上查，我们查到一个别号叫崧甫的男人，他是林觉民、同时也是林长民和林尹民的曾祖父。世事更迭，崧甫究竟是一介书生还是一员官宦？如今都没人知道了，除了这幢屋子，时光已经把他的一切永远吞没。然而，连崧甫自己都万万不会料到，由他的血脉繁衍下去的后代子孙，竟一个接一个凸起，轰隆隆地把某个历史瞬间照亮。

长 民 先 生

　　林长民是崧甫的曾孙，他的出生地其实不在杨桥巷十七号，而在杭州一条巷里，叫陆官巷。那一年是清光绪二年，即 1876 年。

　　那时，"师夷长技"和"求强求富"的洋务之风正盛。在他出生前十年，沈葆桢已经在老家福州马尾开办了船政，建起自己的厂，造出了自己的船，培养了一大批自己的专业技术人才。

　　抵御外侮，就必须自强，在当时，这已经是一个相当普遍的社会思潮。

　　林孝恂，林长民的父亲，光绪十五年己丑科进士，历官浙江金华、孝丰、仁和、石门等州县。他官当得怎样，倒不见多少记载，反而是办学的成果被传诵开了：创办求是书院、养正书塾、蚕桑职业学堂等等。

　　很显然，当自己的长子降生之时，这个当父亲的，已经绝不打算关紧书斋，仅让他死读四书五经了。

　　科举林长民也参加了，1897 年，在二十一岁时，他考中了秀才。但立即，他掉头转向了，不再继续在此路上走，

林长民

林白水

科书改良教育为己任；1904年单独创办了《中国白话报》，推动白话文运动；1913年被袁世凯委以总统府秘书兼直隶省督军署秘书长；1925年"五卅"惨案发生后，他在自己创办的报纸上发布特别启事，拒绝刊登英日两国广告；1926年在《社会日报》上发表时评，宣布与段祺瑞决裂；1926年8月又在《社会日报》上发表揭露军阀为非作歹贪污腐化的内幕，导致被捕被杀……

1898年，教馆里又时常多出另一位传授古文辞赋的老师，就是林纾。那年3月，林纾入京会试，在北京认识了福州老乡林旭，立即也卷进维新运动，参与向皇帝上书吁请改革变法。5月底，北京局势动荡，林旭南下杭州，同船结伴而行的，就包括林纾。当林旭在光绪帝颁布"明定国是"诏开始变法后，又兴冲冲返回北京，林纾却没有走，他在杭州完成人生一件大事：第二次结婚。第一个妻子已于一年前病逝，他因此一直忧伤，再娶杨氏无疑是一剂治伤的良药。他留在杭州，做起了教书先生。摇头晃脑吟诵"之乎者也"之余，他远远眺望着京城的风云，眺望着林旭的大起大落大喜大

而是进入杭州东文学校学习日语和英语。

林家的私塾教馆1894年就从福州来了一位老师，叫林白水，只比林长民大两岁，却已经有一肚子关于西学的知识与想法了，不但主张革新，对科举更是鼻孔哼哼非常不屑。年少、没有功名，把这样的青年招进家门对自己的子弟进行授业，是不是有点冒险？

当时谁也没料到，这个看上去貌不惊人的书生，后来却一直以相当激进的方式，攥紧双拳冲在社会的前沿阵地，风云一时，名噪一时：1902年到上海与蔡元培等人一起发起成立中国教育会，以编订教

晚年林纾

林纾故居

林家祖屋

林徽因与梁思成结婚照

林徽因夫妇与母亲何雪媛

悲，心头一定轰隆隆滚过万千感慨——关于难测的世事，关于脆弱的生命，关于强大的历史与微小的个人，诸如此类。

带着这样的感慨，林纾翻开古书，讲读古文，细长的指尖与瘦瘪的两腮不时颤动，如同电流一闪而过。

林家子弟们坐在自家教馆里恭敬仰望着，认真聆听着，他们的性格因此多出了什么？目光因此变了多少？

1904年，林长民东渡日本了，不久回国，在杭州东文学校毕业后，再度赴日，进入东京早稻田大学攻读政治法律。那期间，他多少表现出了一些"明星"气质，除了能诗擅文和工于书法外，还"善治事"和善交际。立宪派人士汤化龙、孙洪尹他结交，君宪派人士杨度、同盟会人士宋教仁他也结交。这么忙，像鱼一样梭来巡去，目的是什么呢？"政治家须有容人的雅量，中国前途不可知，尤须联络异己，为沟通将来政治之助"。——原来是这样。

这样的人似乎天生具备领袖气质，他很快被推举担任留日福建同乡会会长。

这个在杭州出生、长大的人，在遥远的异国，与自己

178

家乡却突然拴到一起。1909年，他毕业回国后，果真就没在杭州留下，而是回到福建，担任谘议局书记长。随后，在1911年3月，与在日本时认识的朋友、宫巷的刘崇佑一起，创办了福建私立法政学堂。

事业不错，一切都顺风顺水的。更顺心的是，第二任妻子何雪媛在他回国那年已经为他生下了第一个女儿，非常漂亮，鹅蛋脸，深酒窝，杏眼，小嘴，取名徽音。她们都没有跟随他回来，而是留在了杭州。那么他呢？正值盛年的他难道会在故乡一直待下去？

他也许是乐意的，至少是有过这样的打算。可是，有两件大事在这一年相继发生了。

首先是家事：母亲游氏因心脏病在杭州逝去。

其次是国事：武昌起义成功了，湖北军政府成立后，立即宣布国号为中华民国。

一悲一喜，一哭一笑。林长民从福州到杭州奔丧，然后，他去了上海。

上海有更广阔的天地。10月10日武昌起义后，在短短的一个月时间里，上海和湖南、陕西、江西、山西等十三省一起，也宣布独立，相继成立都督府。

林家后厢房

当清王朝的大幕徐徐降下之时，林长民生命最辉煌的大戏却慢慢上演了。

1911年底至第二年初，中央临时政府在南京举行各省都督府代表联合会议，林长民是两个福建代表之一，任参议院秘书长。之后，他一直活跃于潮头上，终至1917年7月任段祺瑞内阁司法总长，1918年12月又被新上任的民国总统徐世昌聘为外交委员会委员兼事务主任。

在日本所研修的政治法律此时都可以派上用场了，林

林长民与林徽因

长民瘦小的身子里所蕴含的丰富能量，恨不得日夜不息地往外喷发。

可是国运不济。三年前，即1915年1月，日本向中国政府提出二十一条无理要求：要求承认日本继承德国在山东的一切权利、承认日本在南满和内蒙古东部的优越地位，要求中国政府聘用日本人为政治、财政、军事顾问，要求合办军械厂或聘用日本技师和购买日本原材料……总之一条条都是盯住肥肉。日本人胃口太大了，他们想把中国的领土、政治、军事及财政等都置于自己的控制之下。

中国政府答应了吗？刚开始没有，刚开始是交涉、谈判。

那期间，坐在统治宝座上的人是袁世凯，他正一心做着称帝的梦。日本便以支持其称帝为诱，话说得花枝乱颤，每一句又都夹枪带棒，血淋淋的武力威胁则紧逼其后。这一年5月7日，日本人显然已经"交涉"得毫无耐性了，一纸最后通牒递交给了中国，限四十八小时内应允。袁世凯吓坏了，除小部分条款"容日后协商"外，全部接受日本的要求。

像一块烧得通红的烙铁，"二十一条"再一次在中华民族千疮百孔的肌体上留下伤痕。从它签订的那一天起，取消、废除它的呼声始终没有停止过。

1918年11月11日，第一次世界大战结束。1919年1月，英、美、法、日等二十七个战胜国在巴黎举行所谓的"和平会议"。中国也是协约国阵营成员，属战胜国，所以以外交总长陆征祥为首的六人徐志摩代表团就出现在会议上。

要求破除列强在华势力范围、收回租借地和附属铁路、撤销外国把持的邮电和有线无线电报机关、取消领事权、关税自主、撤走外国驻华军队等

等。这是陆征祥他们走之前，外交委员会所拟的巴黎和会的提案内容。

旅欧的中国留学生觉得还不够，他们要求取消"二十一条"和收回被日本乘机夺去的德国在山东的权利。中国代表团于是又向大会提交一份相关内容的陈述书。

可是，没有人理睬。中国这只原先谁都可以扑上来咬一口的病牛，在这场实质上是帝国主义重新分赃的会议上，给你一个座位他们就认为是个恩赐了，还想再要回这个要回那个，门都没有。

泰戈尔（右三）访华时与徐志摩（右一）、林徽因（右二）、梁思成（左一）等人合影

林觉民卧室外

1月27日，日本代表团在和会高层会议，即英、美、法、意、日五大国会议上，提出将德国掠取的在山东的特权，无条件转让日本。4月21日，日本外相内田电令日本代表团：如果关于山东的要求得不到通过，就不在国际联盟盟约上签字。4月30日，美、英、法三国会议做出决定：德国先前在山东省所有各项权利交于日本。至于"二十一条"，他们则认为不在会议的讨论范围之列。

山东的权利不但没有被收回，反而被名正言顺地规定了下来。

当天，中国代表团和当时在巴黎的梁启超都发回专电，通报了这个结果。

5月2日，一篇名为《外交警报敬告国人》的文章分别在《晨报》和《国民公报》上发表，作者是林长民。告国人什么？"胶州亡矣！山东亡矣！国不国矣！……国亡无日，愿

闽山巷

合四万万民众誓死图之"。

一文既出,全国震动。

第二天,北京大学等十三校学生代表举行紧急会议,作出决定:将原定于5月7日举行的国耻纪念日示威大会,提前于次日举行。

次日即5月4日。五四运动爆发了。

林长民为什么要把内幕向外透露?这不是添乱吗?亲日派官僚真是气不打一处来,连总统徐世昌都怀疑林长民是学生运动的幕后主使,把他召去痛训一番。日本人当然更不高兴,驻华大使小幡西吉也向北京政府外交部施加压力,迫使林长民于5月25日辞去外交委员会委员兼事务主任之职。

无官一身轻。林长民或许真的要让自己身心彻底放松下来,1920年4月,他以"国际联盟中国协会"成员的身份赴欧洲游历了。他不是一个人去的,而是带上十六岁的长女林徽音。对于此次长达一年半的游历，林长民内心也许还有几许无奈，但对于他女儿林徽音来说，却是一个电闪雷鸣的命运转折点，除了在伦敦邂逅徐志摩，演绎出那段暧昧模糊说法不一的恋情外，她命运中另一道隐秘的大门也被轰然打开了——这个风华绝代的女子，日后在文学与建筑两界的精彩出演，无不与此次欧洲之行有着千丝万缕的联系。

女儿的蒸蒸蓬勃，并不能成为林长民生活中全部的快慰，他心犹不甘，想把在欧洲考察所得，在中国大地上找到实践的土壤。可是，正处于军阀纷争的中国，哪里可以安置下他的一腔理想？1922年4月第一次直奉战争爆发；1923年10月曹锟贿选得逞；1924年9月第二次直奉战争爆发……回国后，林长民虽然又陆续提任了宪法起草委员会委员、国宪起草委员会委员长、国联讨论会会长等职，但如此动荡的时局中，他所提出的生计制度与地方制度又怎么有实现的可能？

1925年秋，奉系头目张作霖正派人与日方商谈购买军火，用以进攻国民军。奉军第十军军长郭松龄听到这事，怒气顿时上来："我是国家军人，不是某一私人的走狗，他若真打国民军，我就打他。"11月，郭松龄向全国发表《反奉通电》，推举张学良为司令，要求张作霖引退。

郭松龄倒戈反奉后，托人游说林长民出关，聘林长民为幕僚长。

林长民不知是感念郭松龄的知遇之恩，还是觉得在此关头确实值得一搏，反正他去了。11月30日晚他乘坐郭松龄专车秘密离京，这一去就没再回来，一颗流弹把他击中了。

林长民死了。那一年，他的女儿林徽音和他未来的女婿、梁启超的大公子梁思成都远在美国宾夕亚大学留学，梁思成学建筑，林徽音则因该系不收女生而改报美术系，然后选修建筑系的主要课程。这是作为建筑师林徽音的起跑线，她出发了。几年后，因为与上海一位写诗的银行职员同名同姓，她把名字改为"林徽因"。那时，她的诗文已经不时见诸报刊，作为文学家的她，名声同样显赫。

可惜，林长民没有看到这一天。

觉 民 兄 弟

一百三十多年以前，科举制度在中国仍然令无数人趋之若鹜，一位十三岁的少年在参加童生试时，却语惊四座，匆匆写下"少年不望万户侯"七个大字，然后扬长而去。

过了十来年，少年长成了青年，当他再次落笔抒怀时，写就了一生最后的文字，也写成了一封中国最著名的"情书"，那就是《与妻书》。

这人是林觉民，林长民的堂弟。

1887 年，林家先后有两个男婴降生，除了林觉民，还有一位叫林尹民。

林觉民长相一般，细眼、厚唇、扁鼻、长脸，这不是一张典型福州男人的面孔，站在他的照片前细看，我们甚至看到他表情僵硬、面色阴郁、心事重重，一副拒人千里之外的冷漠姿态。

20 世纪初叶，中国涌现了很多英俊帅气又雄才大略的年轻男人，孙中山、毛泽东、周恩来、陈毅、习仲勋、贺龙、徐向前等等。天生一副好身板与好面容后，又成就了一番惊天动地的伟业，两者相互辉映，光照长空，这毕竟是凤毛麟角的。而林觉民，仅从外表上看，他显然并不在此列，但这又有什么关系呢？当我们把他的生命质地一点点看清楚的时候，只会再三慨叹男人的相貌如此无关紧要。

1887 年的时候，林家在福州应该并不属于最富庶的家庭。屋是老屋了，差不多是清中叶时所建，到了林觉民出生的这一年，房子已经历过数十年的雨打风吹，土墙斑驳了，梁柱漆剥了，地板磨损了。房

林觉民故居

子虽有三进，每一进格局却都有限，这通常就是腰包还没有殷实到太饱太撑的福州人的选择。连接第一进与第二进的长廊被翠竹簇拥，梅兰竹菊四君子总是被落魄文人用来托物言志。多学多才却又终生不得志的林孝颖，能够做到的大约也仅是借这些高洁的植物，来安抚自己怀才不遇的幽怨之心，并且表明自己不同于庸常的身份了。

在考中秀才后，林孝颖就被父母逼着与黄氏成婚。可是他不喜欢黄氏，这个执拗的男人在结婚当夜就不进洞房，

骂不服，劝不听，简直一意孤行了。杨桥巷老屋中于是日日飘荡着失意男人借酒消愁的沉重长叹与悲伤女人无处诉说的幽幽低泣。

不如意的婚姻让林孝颖心灰意冷，从此他无意功名，终日寄情诗酒。不与黄氏圆房，自然也无从生育。他的哥哥怜惜黄氏孤单悲凉，把自己的儿子林觉民从小就过继给了林孝颖。也就是说林觉民其实不是林孝颖的亲生儿子，但林孝颖却一直视如己出，即使后来他再婚再娶，终于有了自己亲生的一子两女，也仍然对天资聪

林觉民一家，后排中立者是陈意映

慧、能过目成诵的林觉民格外疼爱器重。

　　他亲自教导林觉民读书，颇下功夫，要求极严。看着灵气四射的儿子一天天长大，他的希望也一天天升腾起来，似乎已经伸手可触了。毫无疑问，以林觉民的才智，谁都相信他完全可以科举及第光宗耀祖。

　　可是，林觉民厌恶八股文，十三岁那年在被迫参加童生试时，他在试卷上挥笔写下"少年不望万户侯"七个字，第一个走出了考场。

　　林觉民要望的是什么呢？

　　福州一中目前是福建省第一流的中学，它的前身是全闽大学堂。原内阁学士兼礼部侍郎衔陈宝琛曾赋闲在家兴办教育多年，1902年将著名的鳌峰书院改为全闽大学堂。林孝颖虽无功名，其诗文却为陈宝琛所赏识，将他聘为全闽大学堂的国文教师，十五岁的林觉民因而也跟随进入这所学校学习。

　　林孝颖应该是想把这个不羁的儿子带在身边，以便于时时严加管教吧？怎料到，正是在这所戊戌维新产物的学堂期间，各种新思想新学说风起云涌纷至沓来，将林觉民年轻的心灵丝丝缕缕浸润，平等与自由的理想像空气一样降临了。

19世纪末期，英、美、法等国都把中国当肥肉，急匆匆地来瓜分。1900年8月，八国联军攻入北京，清朝统治者忙不迭地求和自保，很快就签下了中国近代史上赔款数目最庞大、主权丧失最严重、精神屈辱最深沉的《辛丑条约》。中华民族无疑到了最危险的时候，各地挽救民族危亡之声日益高涨。

林觉民给自己取了一个号叫"抖飞"。他大概希望自己能够像大鹏一样，抖动翅膀直飞冲天吧。这个看上去漠然不羁的少年，内心却燃烧着一团蓬勃火焰，他开始渴望，渴望也能为这个陷于危难之中的民族做点什么了。

吉庇巷的谢家祠，那时这里是林觉民常来之地。他在这里创设了一个阅报所。一个个沉迷于鸦片的人或者一张张不问国家兴亡的木然脸庞，真令他又悲又痛，他把《苏报》《警世钟》《汉书》《天讨》等革命进步书刊摆进去，希望能把更多沉睡的人唤醒，让他们睁开眼看一看危在旦夕的现状。

距杨桥巷不远处的锦巷原先有一座七君庙，青年学生组织了一个爱国社，常在这里举行活动。林觉民曾在这里做过一场题为《挽救垂危之中国》的演讲，说到动情处，曾拍案捶胸声泪俱下。那天，全闽大学堂一个学监也夹在其中，他听后，悄然感叹一句："亡大清者，必此辈也！"

他与朋友一起在偏僻的城北共同创办了一所私立小学，专门招收那些家境清寒的子弟入学，既教他们识字，也向他们传授西方学说。

在自己家中，林觉民则办起了一所别具一格的"女校"，首先他把自己新婚妻子陈意映动员进来，再把堂嫂、弟媳、堂妹等以及她们的亲友家属十余人动员来入学。林觉民自己当"校长"，也当教员，除了教这些惯于三从四德的女性国学之外，还把封建礼教对妇女的压迫与束缚拿出来痛斥一番，同时，他说到西方国家的社会制度，说到人家的男女平等。受他的影响，他的姑嫂接连放了小脚，走出家门，进入刚建立的福州女子师范学堂，成为该校第一届学生。

林孝颖拿这个离经叛道的儿子真是一点办法也没有了。1907年，尽管囊中羞涩，他还是让林觉民离开家，离开

林尹民

三坊七巷，离开妻子陈意映，东渡日本自费留学了。第一年专攻日语，第二年转入庆应大学学习文科，专攻哲学，兼习英、德两国语言。

林孝颖以为这样就可以让林觉民避开是非之地，谁知此时樱花浪漫的异国，正簇拥着一大群忧国忧民的血性男儿，他们为之牵肠挂肚的，无不是自己祖国的凄风苦雨。

为首的当然是孙中山了。

1905 年，也即林觉民赴日本前两年的 8 月 20 日，孙中山与黄兴等人已在日本东京创建了中国同盟会，成员主要是中小资产阶级和知识分子。

孙中山被推举为总理，他所提出的"驱除鞑虏，恢复中华，创立民国，平均地权"成为同盟会的纲领。

林觉民到日本不久，很快就与这些人走到一起。他加入同盟会，成为其中极为活跃的一员。卓越的口才此时大派用场，林觉民频频到各处演说，语言与神态都极具感染力，被人形容为："顾盼生姿，指陈透彻，一座为倾。"除了说，他还写，《六国比较宪法论》《驳康有为物质救国论》《告父老文》等文章接连出笼。少年不望万户侯，他要望的东西，直到此时才真正清晰而彻底地

林觉民

升腾起来。

福州男人中温良平和、锋芒缺乏或深藏者居多，林觉民一定算个特例，别人为国弱被欺痛哭，他不哭，体内发出的是另一种声响："中国危在旦夕，大丈夫当以死报国，哭泣有什么用？我们既然以革命者自许，就应当仗剑而起，同心协力解决问题，这样，危如累卵的局面或许还可以挽救。凡是有血气的人，谁能忍受亡国的惨痛！"每一句都掷地有声，那是从顶天立地的伟男人肺腑中流淌出来的血性豪情。

从 1907 至 1911 年，他在日本四年，攻读哲学，还学日语、英语、德语。这个削瘦高挑的福州男人匆匆穿行在樱花树下，看进他眼中的不是樱花的璀璨，也不是东洋美人的如花笑脸，而是彼岸、他的祖国的凄风苦雨。留学东京的学生所组成的同盟会第十四支部（亦称福建支部）于是多出一个慷慨激昂、热血沸腾、口若悬河的青年。

在林觉民到日本的前一年，也即 1906 年，他的堂兄弟林尹民已经先期来日留学。与文章满腹、长相儒雅的林觉民不同，林尹民体格健硕、孔武有力、五官硬朗，小时就能

林文

举起百斤石头，又曾拜师学少林武术，练就一身好武艺。

一文一武，兄弟二人相映成趣。

这期间，一个叫林文的人与林觉民、林尹民形影不离，三人同龄，又同为福州人，所以被人合称为"三林"。林文是大林，林觉民是中林，而林尹民是小林。林文睿智，林觉民儒雅，林尹民奔放，三人彼此欣赏，情深义重，干脆就合租一处同住了。

林文比林尹民更早一年来日本，他老家在福州华林坊，祖父中状元，父亲中举人。早年亡母，后又亡父，是他的

姐姐林氏将他疼爱照顾。林氏是船政大臣沈葆桢的孙媳，住在宫巷，与杨桥巷相距三五百米，说起来也算近邻了。1905年，林氏出资把林文送到东京留学，入成城学校学习普通中学课程，后入大学攻读国法学及国际公法。

1905 年 11 月 13 日，林文宣誓加入同盟会，担任由闽籍同盟会会员组成的东京同盟会本部第十四支部的首任支部长。林尹民本是他在国内的同窗密友，林尹民到日本后，最初也进入成城学校，与林文再次成为同学。正是由林文介绍，林尹民也加入了同盟会。

国事的日衰、清廷的腐败令三个血气方刚的青年痛心疾首，他们共同的偶像是孙中山，要民主，要民权，要民生。

1910 年 11 月 13 日，孙中山在槟榔屿召集黄兴、赵声等同盟会骨干举行会议，决定向海外华侨募款购置武器，从各地革命党人中挑选几百名敢死队员，在广州举行大规模起义，然后再策动广州地区一部分清新军、巡防营以及民军响应。计划在占领广州后即分兵大举北伐，再由各省革命党人发动起义响应。黄兴把此事密告在日本的同盟会机关。1911年初春，林文赴香港参与筹备

陈意映寄居的小楼

临刑前的黄花岗数烈士

广州起义的事务，林尹民留在日本承担武器军火的运输，而林觉民则回福建策动响应和选拔福建志士前去广州壮大队伍。

危险至此仍然没有真正来临。家中房门被咿呀一声推开时，妻子的惊喜与父亲的惊诧扑面而来。他不是第一次回来，但以往每年都仅在暑期时才踏上归途。这一次是个意外，太意外了，连一纸通报信都没有预先抵达。需要解释吗？肯定是需要的。正是春光璀璨时，怒放的樱花把远处那个小小的岛国装点得格外秀丽，林觉民找到了一个借口，他告诉家人：学校放樱花假了，他陪日本同学游览江浙风光，然后顺便回家。

见过人生多少起落的林孝颖怎么会信呢？十三岁就敢公然蔑视万户侯的儿子，如今究竟在忙乎些什么？不知道呀，林孝颖只能抚着自己渐渐花白的胡子，无奈地盯着窗外出神。风中的翠竹摇曳生姿，有妇孺欢声笑语相伴而起，脆亮地、婉转地萦绕在屋檐窗棂上。

但陈意映是快乐的，她也许也有疑惑，但不期而至的喜悦很快就把一切淹没了。

陈意映的家也在三坊七

巷内，离杨桥巷不远，就在文儒坊大光里。她的父亲陈元凯是光绪己丑科举人。这个在诗书礼义俱全的家庭中长大的女子，身上少了粗野之气，多了灵巧与雅致之韵，能诗善文，眉清目秀。1905年嫁进林家后，她发现自己太幸运了，所嫁的正是少女怀春时梦中所千百回企望的那种正气浩然、才情飞扬又深情款款的伟丈夫。

斗转星移，沧海桑田，唯有男欢女爱的内容与形式亘古不变。他们那间小小的卧室仅容得下一床一桌，没有雕梁，不见画柱，最平实的朴素其实也承载得起最炽烈的情爱，它们附在木板的每个纹路中，攀在砖土的每个缝隙里，无时无刻不将浓情蜜情恣意散发。婚后第二年，他们的儿子林伯新就出生了。

她以为，丈夫其实是因为牵挂着她，才千里迢迢从日本赶回。

可是，林觉民回来了，却总不在家中待着。他忙忙碌碌，一天又一天往外跑。

这一次，林觉民在杨桥巷家中住了十来天，他先是到桥南社福建同盟会，找总干事林斯琛等人通报准备起义的消息，并联络福州、连江等地的爱国志士，布置当地做好响应

黄花岗七十二烈士墓

黄花岗七十二烈士纪念碑

准备。

那几天，林觉民还经常出入地处福州西郊的西禅寺。起义武器紧缺，林觉民召集一些人在这里秘密制造了大批炸药。

然后，他要走了。

制出的炸药不能大摇大摆地运去，得巧妙乔装才能瞒过一路上的层层盘查。林觉民想出一个法子：把炸药装进棺材，然后让一个女人装成寡妇护送棺材去香港。

这个女人后来由方声洞的妹妹方君碧承担。

此项任务之危险，已是不言而喻，林觉民其实很不愿让别人的妻子或姐妹来承担，那他为什么不选择让自己的妻子陈意映来完成呢？

原来此时陈意映又有了八个月的身孕，行走已十分笨拙，哪经得起福州至香港漫长的旅途颠簸？林觉民原还是打算让陈意映去，但望着她高高隆起的肚子，内心矛盾再三，最终还是放弃了。

这一切，陈意映都蒙在鼓里。

十来天里，林觉民虽终日奔波，回到家中，却对她格外温存抚爱，她多么希望这样的日子能够持续下去，一直持续，直到地老天荒。腆起的大肚子里装着又一个新生命，将来，陈意映愿意有更多鲜活可爱的新生命不断到来，她要为心爱的男人一次又一次地生儿育女。

可是她留不住林觉民。

1911 年 4 月 9 日，林觉民带着二十余人从马尾登船驰往香港。春光笼罩下的故乡在他身后渐渐远去，他挥挥手，心里涌起一丝诀别的不舍。心里真的明镜似的，知道山有多高水有多险。如果行动失败，娇妻幼子老父以及弥漫着浓浓亲情的老屋，都将永不能再重逢。

按照原先的起义计划，起义时间定在 4 月 13 日，几百名敢死队员分十路进攻，破坏清廷在广州的总督衙门等重要行政机关，占领军械局，策应新军的防营，并在旗界九处放火扰其军心，以便完全占领广州。然而发生了意外，因为革命党人温生才自行刺杀了清广州将军孚琦，同时另有一批密运广州的炸弹被截获，清军戒备起来，不仅广州市内各处防范措施大大加强，还从广东其他地方调来兵力。

起义的时间不得不推迟。

4 月 11 日，经过两天的海上航行，林觉民到达香港。此时，参加起义的人员陆续从各地赶来，包括原先留在日本的林尹民、方声洞等人在内。林觉民一趟趟地在香港与广州之间来来往往，负责把这批人护送进广州。

4 月 23 日，黄兴从香港潜入广州主持起义工作，林文也随同前往协助。因为出了内奸，4 月 25 日，清政府增兵广州，加紧搜捕，部分秘密机关也遭破坏。形势越来越危急。黄兴只得临时决定于 4 月 27 日发动起义，进攻计划由原定的十路改为四路。

4 月 26 日夜，林觉民与陈更新、冯超骧等人一起，带领又一批从福建赶来的敢死队员坐船从香港启程，二十七日凌晨抵达广州。

这一天下午五点二十五分，起义开始。攻打广州总督署的这一路由黄兴带领，林文、林觉民、林尹民等一百余人都归属这一路。敢死队员臂缠白布，脚穿黑面树胶鞋，腰缠炸药，手执枪械，呐喊着前进，一路奋战，迅速杀入总督署内，却发现两广总督张鸣岐等清大吏早已从后门逃跑。于是转攻督练公所，在东辕门遭遇赶来

镇压的水师提督李准的卫队。林文听说李准部下也有一些清兵倾向革命，便向前高喊，希望他们同心合力共除腐败清王朝，话音未落，脑门中弹。

巷战开始了。林尹民被飞弹击中头部，仆地牺牲。林觉民则腰部中弹倒地，仍坚持着，直至力竭被捕，关进清兵水师行台衙门。

林觉民一生最后的时光竟出现了一些富有戏剧性的场面：审讯时林觉民用流利的英语作答，主审的清将李准被林觉民的慷慨陈词所动，下令去掉镣铐，予以座位。林觉民欲吐痰时，他亲捧痰盂过去……

据说对革命党人恨之入骨的两广总督张鸣岐得知林觉民在狱中的情形后，说了这样一段话："惜哉，林觉民！面貌如玉，肝肠如铁，心地光明如雪，真算得奇男子。"但张鸣岐又执意要杀掉林觉民，理由很简单，张鸣岐认为把林觉民这样的人留给革命党，是为虎添翼。

林觉民死了。他与林文、林尹民一样，那一年都只有二十四岁。除了林觉民之外，林文与林尹民都尚未结婚。

经过广州革命党人多方努力，收殓了起义中死去的烈士遗骸七十二具，合葬于广州

郁达夫与王映霞

城郊的红花岗。那里遍地黄花，所以改称为黄花岗。

在黄花岗七十二烈士中，福建籍的就占了十九位。

七十二烈士合葬的大墓左侧，还有一个小墓，墓碑上只写着"连江四烈士"，他们是福州连江人，却无姓名。十九加四，已有二十三人了。事实上福建人在广州起义中倒下的还绝不止这些。

在起义的前三天，也即1911年4月24日深夜，林觉民在香港滨江楼挑灯写下两封遗书，一封是给父亲林孝颖的《禀父书》，另一封是写给妻子陈意映的《与妻书》。

那么意气风发的青年，人生的画卷才徐徐展开，生命的滋味还远未尝透，突然之间站到了生与死的边缘，却仍然可以从容不迫地抒写得如此绢秀灵动，字里行间没有丝毫潦草浮躁，连涂改都极少。此时，究竟需要多大的定力，才能做到如此的心静如水？

林觉民在广州被杀时，他的岳父陈元凯恰好正在广州任职。为避免清政府的满门抄斩，他托人连夜赶到福州报信，让女儿陈意映火速逃离。

春天枝繁叶茂百花竞放的绚丽中，住在杨桥巷十七号老屋里的七房兄弟，急匆匆将祖屋卖掉，狼狈四散。陈意映腆着大肚子，带着一家大小七口人仓皇搬到光禄坊早题巷一幢偏僻的小房子中租住下来。

房子两层楼高，虽然破旧，却有些来头。它是一幢大房子的小偏房，房子的最初主人是一百多年前那位名重一时的诗人黄任，康熙四十一年中举人，然后又出任广东四会知县的黄任，在退隐官场后，就躲在这个屋檐下写出了大量广泛传诵的诗作，并完成了《福州府志》《泉州府志》《鼓山志》的编纂。1936年至1938年，著名作家郁达夫出任福建省政府参议、公报主任期间，据说也曾携夫人王映霞在此租住过。

可是，这一切跟陈意映又有什么关系呢？

新婚不久，陈意映就曾请求林觉民远行时能够将她一同带上，生死都愿相随。二十多天前，林觉民从家中离去时，陈意映无奈地靠在门上看着丈夫身影越行越远，泪眼婆娑，心乱如麻，却绝没想到那竟是永诀。

泪水浸泡了陈意映余下的所有时光。一天夜里，一个小包裹从门缝中塞入，打开来看，是林觉民在香港滨江楼上写下的那两封遗书。

"意映卿卿如晤：吾今以此书与汝永别矣！吾作此书时，尚是世中一人；汝看此书时，吾已成阴间一鬼……"

竟然以这样的文字与妻子"如晤"，怎么能"如晤"？！陈意映望断秋水等来的竟是天人永隔的悲恸。

"吾至爱汝……吾居九泉之下，遥闻汝哭声，当哭相和也……"

正是因为"至爱"，所以才是至痛。

陈意映像林旭的妻子沈

鹊应一样，将一腔心事都付诸诗词了吗？没有文字留下。

但《与妻书》留下了，海峡两岸不约而同都将它收入中学课本。印尼、新加坡等国的华文教材中，据说也有它的位置。

几十年后，一个叫齐豫的台湾女子替陈意映表达了些许心情，是一首歌：《觉：遥寄觉民》——

觉
当我看见你的信
我竟然相信
刹那即永恒
再多的难舍和舍得
有时候不得不舍

觉
当我回首我的梦
我不得不相信
刹那即永恒
再难的追寻和遗弃
有时候不得不弃

爱不在开始
却只能停在开始
把缱绻了一时
当作被爱了一世
你的不得不舍和遗弃都
是守真情的坚持
我留守着数不完的夜和

载沉载浮的凌迟
　　谁给你选择的权利
　　让你这样离去
　　谁把我无止境的付出都
化成纸上的
　　一个名字

　　如今
　　当我寂寞那么真
　　我还是得相信
　　刹那即永恒
　　再苦的甜蜜和道理
　　有时候不得不理

　　丧礼不敢公开举行，只
能打开窗口对天招魂。爱未死，
人先去，肝肠寸断，心似枯井，
叫一个娇弱的痴情女子如何面
对这天人永隔的锥心之痛？5
月19日，在林觉民死去不足
一个月，悲伤过度的陈意映早
产了，生下遗腹子林仲新。
　　两年后，陈意映抑郁而
死，追随林觉民去了。
　　把林家杨桥巷老屋卖掉
的房子买下的人叫谢銮恩，他
的孙女谢婉莹，即冰心。
　　在《我的故乡》一文中，
冰心曾对这幢房子有过仔细的
描写："我们这所房子，有好
几个院子，但它不像北京的四
合院，只有一排或一进的屋子
前面，有一个长方形的天井，

每个天井里都有一口井，这几
乎是福州房子的特点。这所大
房子里，除了住人的以外，就
是客房和书房。几乎所有的厅

冰心与祖父、老姨太合影

1925年冰心与林徽因在美国

堂和客室、书房的柱子的墙壁上都贴着或挂着书画。正房大厅的柱子上有红纸写着很长的对联……"

写此小文时，冰心已经七十九岁，功成名就倍受崇敬，想必回忆让她相当愉快吧，所以她下笔透着暖暖的轻盈，却只字没有提到这幢房子曾经的主人，没有提到发生在房子里的彻骨哀恸。是不知道，还是忽略了？

20世纪30年代，中国文坛上曾经活跃着闽籍三大才女，林徽因、谢冰心和庐隐，其中有两位，竟都与这幢房子有着千丝万缕的关系。而庐隐，据记载，她的出生地也在三坊七巷内，只是现在已经不知道其具体的地点了。也许就在这幢房子的左邻或者右舍？没有人能够说得清，连杨桥路十七号也沉默无言。

一座房子衍生出这么多的故事，与这么多名人相关联，在其他地方算得上奇迹了，在这里却不足为奇，这就是三坊七巷。

后记  说不尽的三坊七巷

说不尽是因为没法说。

破屋、老巷、远去的人物，为什么要把目光流连在这一切上面？不是主动的，其实都很被动：出版社约稿、电视台约稿。因为约得急切而恳切，才促使我频频出入老坊古巷，出入于那些陈旧斑驳却又宽敞高阔、曾经镂金错彩的老房子，明清的老房子。明朝远去三百多年，清朝消亡九十多年，但粉墙还在，青瓦还在，那是一段凝固的历史、一堆曾经的故事。

曾经的故事对于今天的我们引颈欲诉。要说的是什么呢？是祖辈走过的路，是城市经历的沧桑。当我们放眼世界五光十色的绚丽，不经意间转过身，却发现身边、脚下，竟还存有一块别致的幽深，一片敦实的悠远。

从福州市最繁华热闹的八一七中路往西一拐，仅仅几步路之遥，老巷的古朴端庄马上就以一种最宁静的温暖把你溶化了。往下走，再往下走，便宛若行进在时光的隧道中，一个个曾经风起云涌过的人物正次第闪出，迎面而来。

他们的故事刻在朱门上、嵌于老墙间，一遍遍地读，心竟然一遍遍地缩紧，有疼痛感不时电击般来临。

有一句话已经被人反复说过了，"世界是美好的"，我却从来没有相信过。这个世界现在不够美好，过去更不够。奸诈、残杀、掠夺、侵吞、冤屈……那么多贬义的气息在史书中弥漫，让我们读出那么多的无奈，那么多的忧伤与悲愤。

当然，字里行间也读得出浩然正气与激烈壮怀，读得

出风情万种与才情飞扬，读得出抗争的欣慰与坚守的快乐。

一样的天一样的地，不同的人生却已经一代代剧情不一地上演过了。

多年以前，我曾编过一阵地方志。似乎是一个沉闷的工作，从事这一行业的人平均年龄应该在六十五岁以上。可是，我得说，我多么庆幸做过这个活。一本本发黄的老书翻开，一个个沉寂已久的老故事就从历史深处款款走来了，日子因此变得深邃且充满幻想，恍惚间每时每刻身边都有面容昏黄的人影晃动，他们着装不同，理想各异，命运参差，却都血肉丰满，有悲欢离合，有七情六欲。我总是试图看清他们的容颜、理解他们的渴望、体验他们的哀乐，津津有味，兴致勃勃。我相信这段经历将影响我终生，我看世界的方式被悄然改变了。

从1998年春天开始，我一直有意无意地重新阅读福州的历史，读它的内河，读它的榕树，读它古老年迈的一条条

坊巷。我将此理解成"接地气"。发达的媒体可以迅速把外面世界发生的一切送达眼前：纽约的一场大雪、伦敦的一场爆炸、南非的一场纷争、南美的一场球赛……很多人对NBA球星、对英超联赛的熟悉程度，已经远远胜过自己脚下的土地。这一块土地有过怎样的悲喜哀乐？有过怎样的呼吸吐纳？有过怎样的飞扬与沉沦？其实读一读，会读出另一种意味深长的人生况味。被群山团团揽拥在怀的福州城，有纵横的河流温暖交织，有浓密的榕树从容装饰。年复一年，花自逍遥开，云自恬淡飘，起伏的曲线山墙映照出人文情怀葱茏的闽都文化。

当沿着日益狭窄的河面、根须曳地的树根以及逼仄狭窄并且日益凹凸不平的青石小道望去，我望到城市逶迤而来的身影，望到先辈蹒跚而去的背影。它们正被遗忘，正在消失。它们羸弱枯萎的躯体，已经丝毫无力与新生活强大的浪潮相抗衡了。

所以有必要用笔记录下一些什么。

这本书在写作的过程中，得到福州文史专家黄启权、陈贞寿、林峰、曾意丹、李厚威、卢为峰、周民泉以及林则徐纪念馆、林觉民纪念馆、严复纪念馆、冰心纪念馆、福州市博物馆等人和单位的支持帮助。多年来，这些人与相关的机构一直竭尽所能，为保存这座城市的历史风貌默默做着点滴努力，不惊天动地，却感人至深。他们提供的文字与图片资料，为这本书添色不少。谢谢他们。

我也要感谢那些名人之后。一次次不期而至的推门打扰，都被他们热情包容了。记忆有些淡远，只能搜肠刮肚或翻箱倒柜把遗失在岁月中的碎片一点点拾起。顺着他们的五官与步态，那些旧日的人物渐渐可辨可感，有了真实而亲切的温度。

我还要感谢三坊七巷管委会主任林飞先生、三坊七巷保护开发有限公司总经理林矗先生，在此书修订重版之际，他们特地抽时间把书稿中相关史料认真校正一遍，使全书更加严谨而少了遗憾。

春天翠绿的日子里，这本书终于重新面世了。同样的天空下，隔在不同的时空里，我们能不能穿过三坊七巷那一扇扇朱门、一道道幽静小路，聆听到那些远去灵魂的轻声吟唱？

附一
三坊七巷名人简表

黄璞（867－?），唐昭宗大顺二年进士，诗人，官至崇文阁校书郎，故居现黄巷36号。

王审知（862－925），河南光州固始人，闽王。前后治闽二十九年，修罗城、夹城，辟甘棠港，拓三坊七巷，世称开闽王。其部将在塔巷北侧建育王塔，并建塔院，因而得巷名。

余深（约1050－1130），宋神宗元丰五年进士，历任监察御史、殿中侍御史、御史中丞等职，封卫国公。曾居安民巷内，门号不详。

陆蕴（约1071－1120），宋宣和年间人，官至御史中丞，后任福州知州。曾居衣锦坊。

陆藻（?－1129），宋宣和年间人，陆蕴之弟，以列曹侍郎出知泉州。曾居衣锦坊。

陈烈（1012－1087），宋著名学者，曾任福州州学教授。故居在郎官巷内，门号不详。

陈襄（1017－1080），宋庆历二年进士，理学家，曾任开封府推官、刑部郎中、提举司天监等职。故居在塔巷内，门号不详。

郑穆（1018－1092），宋皇祐五年进士甲科，曾任国子监祭酒。故居在文儒坊内，门号不详。

刘藻（1101－1154），宋宣和五年解元，绍兴五年进士。历礼部员外郎、秘阁修撰、翰林学士。故居安民巷，具体门牌不详。

林之奇（1112－1176），宋绍兴二十一年进士，历秘书省正字、校书郎，兼代国史日历所检讨官，以大宗丞提举福建市舶司。故居今衣锦坊，具体门牌不详。

郑性之（1172－1255），宋嘉定元年状元，朱熹学生，官至参知政事（副相）兼知枢密院事（最高军事长官）。故居在吉庇巷（今吉庇路），现无存。

林瀚（1434－1519），明成

化二年进士，曾任南京兵部尚书，府第现文儒坊42号。

林廷玉（1455－1530），明成化十九年解元，翌年成进士。历江西佥事、广东提学使、右通政使、右都御史、南京都察院。故居今衣锦坊柏林坊（北林坊）。

张经（1492－1555），明正德十二年进士，官至兵部尚书。故居现文儒坊尚书里。

林泮（？－约1524），明成化八年进士，官至南京户部尚书。其兄清源、弟濬渊皆进士，时称"闽中三凤"。曾居黄巷内，门号不详。

陈帙（生卒不详），林则徐之母，故居现文儒坊19号。

马森（1506－1580），明嘉靖十四年进士。官至户部尚书。晚年回福州，在大钟寺旧址营钟丘园，建藏书楼，藏书数万卷，称"马森别馆"。

陈一元（1573－1642），明万历二十九年进士。历知广东四会、南海、嘉定三县，擢御史、巡按江西，江苏应天府府丞、署府尹。系宰相叶向高女婿。爱好戏曲，尤善昆曲。故居衣锦坊，具体门牌不详。

林佶（1660－？），康熙三十八年举人，五十一年钦赐进士，书法家，官至内阁中书。故居在光禄坊北侧32、34号。

林侗（1628－1716），清康熙年间贡生，林佶之兄，工隶书，研究金石，著作颇丰。故居在光禄坊北侧32、34号。

李馥（1662－1745），清康熙年间官至浙江巡抚，曾在内黄巷居过。故居现黄巷65-67号。

黄任（1683－1768），康熙四十一年举人，诗人，官至广东四会县知县。故居现光禄坊早题巷4号。

林枝春（1699－1762），乾隆二年榜眼及第，历任武英殿纂修官、翰林院侍讲学士、江西学政等。曾居黄巷，门号不详。

甘国宝（1709－1776），清雍正十一年武进士，历任福建提督、台湾总兵等职。故居现文儒坊51号。

叶观国（1720－1792），清乾隆十六年进士。先后典乡试十三科，历任云南学政、广西学政、视学安徽，长达三十年。又历翰林院侍读学士、詹事府少詹事，入直南书房。晚年归里，故居文儒坊北侧52号。

叶申万（1773－1831），叶观国第六子，家住文儒坊。清嘉庆十年进士，官至高廉兵备道。故居文儒坊北侧52号。

叶申芗（1780－1842），叶观国第七子，清嘉庆十四年进士，选翰林庶吉士。任宁波知府、洛阳知府，代理河陕汝道，又任云南乡试同考官。故居文儒坊北侧52号。

叶大焯（1840－1900），叶观国玄孙。清同治七年进士，改庶吉士，翰林院侍读学士，授编修，会试同考官、赞善、说写，湖北乡试正考官、左春坊右庶子、湖南乡试主考官。后归里，主讲凤池书院、正谊书院。

沈绍安（1767－1835），"福州三宝"之一脱胎漆器的创始人。漆器店曾开在杨桥巷双抛桥附近。

郭阶三（生卒不详），清嘉庆二十一年举人，曾任连城、同安县教谕，所生的五个儿子皆登科第，盛极一时。故居现黄巷4号。

郭柏荫（1805－1884），清道光十二年进士，郭阶三之子，历任广西巡抚、湖北巡抚、署理湖广总督等职。故居现黄巷4号。

郭柏苍（1815－1890），清道光二十一年举人，郭阶三之子，一生大都致力于福州的水利建设和研究整理地方文献。故居现黄巷4号。

郭式昌（1829－1904），郭柏荫长子，清咸丰九年举人。历代理肇庆、温州、杭州、金华知府，补台州、湖州知府，任金衢严道、浙江按察使。有三子成进士。故居黄巷。

郭曾炘（1855－1928），清光绪六年进士，郭柏荫孙，曾任工、户、礼部侍郎。故居现黄巷4号。

郭则沄（1882－1946），清光绪二十九年进士，郭曾炘孙。曾任北洋政府国务院秘书长。故居现黄巷4号。

郭化若（1904－1995），黄埔军校第四期毕业生，郭阶三六世孙，解放后历任上海防空司令员兼政委、原南京军区副司令员、军事科学院副院长等职，为一代儒将。故居现黄巷4号。

齐鲲（1775－1820年），清嘉庆六年进士，改庶吉士，授编修。十三年充册封琉球正使。著有《琉球国志》《东瀛百泳》。故居光禄坊玉尺山房。

廖鸿荃（1778－1864），清嘉庆十四年中榜眼，授编修，升工部尚书、经筵讲官，赐紫禁城骑马。一生总裁会试一次，典乡试、分校京兆试各三次，"门生半天下"。同治三年加授"太子太保"衔。故居文儒坊，具体门牌不详。

杨庆琛（1783－1867），嘉庆二十五年进士。历刑部主事、员外郎、郎中，安徽宁池太广兵备道、湖南按察使、山东布政使，代理巡抚兼署学政等。故居官巷，具体门号不详。

赵新（1802－1876），清咸丰二年进士，官至陕西督粮道。故居在黄巷内，门号不详。

林昌彝（1803－1876），道

光十九年举人，文学家，曾在建宁、邵武、广州等地讲学，一生著作颇丰。林则徐欣赏其才干，曾请他在家馆教导二女儿林普晴。沈葆桢少时也曾由他授业多年。故居在官巷内，门号不详。

林寿图（1809—1885），清道光二十五年进士，官至山西布政使。故居衣锦坊北侧旧门牌27号。

苏廷玉（1783—852），清嘉庆十九年进士。历江苏松江、江宁、苏州知府，江苏粮道、山东按察使，四川按察使、布政使，四川总督，大理寺少卿。晚年归居文儒坊。故居具体门号不详。

曾晕春（1770—1853），清嘉庆六年进士，林则徐姨表亲。历江西会昌、庐陵、新建知县，宁州知州。五子皆登科甲。故居在安民巷，具体门牌不详。

刘齐衔（1815—1877），道光二十一年进士，林则徐长婿，官至河南巡抚。故居现官巷14号。

刘齐衢（1813—1860），道光二十一年进士，刘齐衔兄，历知四川兴文、荣县、江津等县。故居光禄坊10—13号，现无存。

刘瀛（1860—1929），清光绪年间进士，刘齐衔孙，官至山西大同府知府。民国初曾代理福建省省长。

刘崇佑（1877—1942），清光绪二十年举人，刘齐衔之孙，著名律师。故居现官巷14号。

刘崇伟（1878—1958），刘齐衔之孙，著名工商企业家，福州电气公司和电话公司创始人之一。故居现官巷14号。

刘崇杰（1880—1956），刘齐衔之孙，著名外交家，民国时期曾任外交部常务次长和驻德意志兼奥地利特命全权公使等职。故居现官巷14号。

陈寿祺（1771—1834），清嘉庆四年进士，学者、教育家，官至记名御史。故居现黄巷36号。

梁章钜（1775—1849），清嘉庆七年进士，文学家，官至广西巡抚、江苏巡抚。故居现黄巷36号。

孙翼谋（约1820—？），清咸丰二年进士，选吉士，充讲官，授翰林院编修，补御史，历安庆知府、两淮盐运使、浙江按察使、湖南布政使兼按察使，权安徽巡抚。故居文儒坊，具体门牌不详。

沈葆桢（1820—1879），道光二十一年进士，林则徐次婿，曾任福建船政大臣等职，官至两江总督兼南洋通商大臣。故居现官巷26号。

沈瑜庆（1858—1918），清光绪十一年举人，沈葆桢之子，官至贵州巡抚。故居现官巷26号。

林聪彝（1824—1878），林则徐之子，历任内阁中书、六部主事、衢州知府、浙江补用道、署浙江按察使、杭嘉湖海防兵备道等职。故居现宫巷24号。

林炳章（1875－1923），光绪二十年进士，林聪彝之孙，陈宝琛长婿，曾任福建省财政厅厅长、闽海关监督等职。故居为现宫巷24号。

林翔（1881－1935），日本明治大学法学博士，林聪彝孙，历任民国军政府总检察厅检察长、特别刑事审判所所长、最高法院院长、考试院铨叙部部长等职。故居现宫巷26号。

梁鸣谦（1826－1877），清咸丰九年进士，被聘入福建船政局幕府，此后一直追随沈葆桢，成为得力助手。后回福州鳌江书院任教。故居在文儒坊闽山巷，门号不详。

陈承裘（1827－1885），清咸丰元年进士，清工部尚书、刑部尚书陈若霖之孙，末代皇帝溥仪的老师陈宝琛之父。故居现文儒坊47号。

陈懋侯（1837－1892），清光绪二年进士，授编修。历顺天乡试同考官、湖南乡试主考官，补授江南道监察御史。故居文儒坊。

罗丰禄（1850－1901），福建船政学堂驾驶专业毕业，曾任李鸿章幕僚，从事外交翻译工作，后出使英国并兼任驻意大利、比利时两国大使。故居在光禄坊内，门号不详。

叶祖珪（1852－1905），福建船政后学堂第一届毕业，第一批留学英国。归国后，历"镇边""靖远"管带，后又加提督衔，授北洋水军统领、浙江温州镇总兵、广东水师提督，奉旨总理南北洋海军。故居南后街，具体门牌不详。

王眉寿（1848－1921），陈宝琛之妻。协助宝琛创办螺洲两等小学，在玉尺山房办女子师范传习所，又任女子职业学堂、女子师范学堂监督，是福州第一位女教育家。

严复（1854－1921），近代著名思想家。故居现郎官巷20号。

严叔夏（1897－1962），严复三子，解放前曾任福建协和学院（福州大学前身之一）中文系主任、文学院院长等职，解放后曾任福州市副市长。故居现郎官巷20号。

蓝建枢（约1856－？），福建船政学堂第三期毕业生，留学美国。清末曾任"海镇"巡洋舰管带、海军管理部部长，民国初任海军总司令部左司令（后改称第一舰队司令）、海军总司令等职。故居在吉庇巷内，门号不详。

陈衍（1856－1937），清光绪八年举人，同光体诗派代表人物，《福建通志》总纂。故居现文儒坊大光里8号。

林葆怿（1863－1927），清光绪六年考入福建船政学堂，后赴英留学，民国七年任海军总长。故居现衣锦坊酒库弄，门号不详。

郑鹏程（约1760－1820），嘉庆元年进士，历任江南司员外郎、袁州知府等职。故居今衣锦坊洗银营1-4号。

郑世恭（约1820－1878），清咸丰二年进士，郑鹏程幼子，工书，殿试卷在前十名，朝以一字笔误，抑二等。返乡，任凤池书院、致用书院山长各十年，后又主正谊书院讲席数年，育大批人才。

郑守廉（1820－1876），清咸丰二年进士，郑鹏程孙、郑世恭侄。选翰林院庶吉士，后改工部主事，补吏部考功司主事。

郑孝胥（1860－1938），清光绪八年举人，郑守廉长子。曾由陈宝琛推荐任溥仪老师，后又任伪满洲国国务总理大臣。故居现衣锦坊洗银营1－4号。

王有龄（？－1862），举人，历任甘肃平凉府知府、江苏布政使、浙江巡抚等职，"红顶商人"胡雪岩的密友。故居塔巷49号。

刘冠雄（1857－？），民国海军总长。故居现官巷11号。

陈元凯（生卒不详），清光绪十五年举人，曾任粤东县令，林觉民岳父。故居现大光里23号。

何振岱（1867－1952），清光绪二十三年举人，诗人，书法家，曾受聘重修《福州西湖志》，任总纂。一生诗作颇丰。故居现文儒坊大光里21号。

林白水（1874－1926），近代民主革命者，报人，教育家，曾在文儒坊与表兄弟黄翼云、黄展云一起创办了福建省第一所新学堂："福州蒙学堂"，旧址在今文儒坊36号福州第九塑料厂内。

黄展云（1876－1938），清光绪二十八年参与其表兄林白水等在文儒坊创办"蒙学堂"；后蒙学堂改名侯官两等小学堂，自任校长。

林旭（1875－1898），光绪年举人，戊戌六君子之一。故居在郎官巷，现无存。

陈篆（1877－1939），福建船政学堂学生，后获巴黎法律大学法学学位，曾任国民政府外交部外交司司长、驻墨西哥特命全权公使、驻法国全权公使、外交总长、南京日伪"维新政府"外交部长等职。故居光禄坊内，门号不详。

高鲁（1877－1947年），21岁进福建船政学堂。清光绪三十一年被选派入比利时布鲁塞尔大学攻读工科。后任北京中央观象台台长，又任原国立中央研究院天文研究所所长，主持紫金山天文台的测量工作，为中国现代天文学奠基人之一。故居文儒坊，具体门牌不详。

陈季良（1883－1945），江南水师学堂驾驶班毕业，原名"陈世英"，轰动中外的中日"庙街事件"主角，民国时期曾任海军第一舰队司令，兼任厦门警备司令，后又任海军陆战队总指挥等职。故居现文儒坊19号。

林觉民（1887－1911），黄花岗七十二烈士之一，故居现杨桥东路17号。

谢葆璋（1865－1940），天津北洋水师学堂驾驶班首届学生，冰心之父，曾任烟台海军练营管带、民国海军部次长、海道测量局少将局长等职。故居现杨桥东路17号。

谢冰心（1900－1999），著名女作家，故居现杨桥东路17号。

王冷斋（1892－1960），曾就读福建陆军小学堂，为保定军官学校第二期学生，民国二十六年任河北省第三行政区督察专员兼宛平县县长，与日军正面交锋，亲历"卢沟桥事变"。曾居黄巷，门号不详。

曾以鼎（1892－1957），烟台海校毕业，历任鱼雷游击舰队司令，后又任第二舰队司令、江阴江防副司令、海军总司令部参谋长。抗战胜利后代表中国海军参加对日的受降。新中国成立后任中央军委海军司令部研究委员会主任。故居文儒坊44号。

郁达夫（1896－1945），著名作家，1936年至1938年间出任福建省政府参议、公报室主任。曾客居光禄坊10—13号刘家大院内。

刘攽芸（1900－1973），刘齐衢曾孙女，英国伦敦大学经济院毕业，获博士学位，民国时期曾任中央银行总裁，又任财政部部长。1948年建议蒋介石再发银圆券，并为蒋介石秘密运送黄金去台湾。故居光禄坊10—13号，现无存。

曾明（1887－1973），福建省立女子职业学校第一届毕业生，有"全闽第一绣手"之誉，其绣品1915年获巴拿马万国博览会金牌，并有绣品入藏故宫博物院。故居文儒坊47号。

沈幼兰（1890－1964），福州"兰记"漆器店创办者，曾是全市最大的漆器店。民国十五年在美国费城建城一百五十周年展览会上，"兰记"产品获一等执照奖，三年后在菲律宾召开的工商业交易会上其产品又获特等金牌奖。故居在今杨桥路，门号不详。

陈体诚（1896－1942），工程师，毕业于美国加基钢铁学院桥梁工程专业，民国七年被选为首届中国工程学会会长，后任福建省建设厅厅长兼财政厅厅长、西北公路特派员兼甘肃省建设厅厅长等职。故居在光禄坊内，门号不详。

庐隐（1899－1934），著名女作家，出生于南后街，地址不详。

附二
三坊七巷名人姻亲关系简表

刘齐衔　林则徐大女婿。道光十七年（1837 年）娶林则徐长女林尘谭为妻。

沈葆桢　林则徐外甥兼次女婿。其母林蕙芳为林则徐六妹。道光十九年林则徐将次女林普晴许配给他。

郑葆中　林则徐三女婿，娶林则徐第三女林金鸾为妻。家居官巷。

刘忱　刘齐衔长子，娶林则徐三子、官巷林聪彝的长女及次女为妻。

沈玮庆　沈葆桢长子，娶文儒坊大光里陈衍的胞姐陈仲容为妻。

沈瑜庆　沈葆桢第四子，娶郑葆中之女为妻。

沈瑶庆　沈葆桢第六子，娶刘齐衔之女刘拾云为妻。

沈琬庆　沈葆桢幼子，娶林则徐孙女、林聪彝第五女林步荀为妻，育一子。

刘崇伟　刘齐衔孙，娶林聪彝孙女林洛仙为妻。

刘濂　刘齐衔孙，娶文儒坊陈承裘之女、陈宝琛之妹陈伯芬为妻。

林旭　沈葆桢孙女婿，1892 年与沈葆桢孙女、沈瑜庆长女沈鹊应成婚，婚后无生育。

沈成鹊　沈瑜庆长子，光绪二十二年（1896 年）娶林则徐孙女林锦嘉为妻。

沈来秋　沈葆桢曾孙，1914 年娶陈宝琛族亲、海军中将陈兆锵之女陈任君为妻，育一子四女。

沈觐宸　沈葆桢曾孙，娶黄巷郭柏荫曾孙女郭葆苹为妻。

郭兆昌　郭柏荫二子，娶刘齐衔堂弟刘齐康之女为妻。

郭则江　郭柏荫曾孙，娶沈葆桢曾孙女沈佩芳为妻。

林觉民　光绪三十一年（1905 年）娶陈宝琛族亲、文儒坊大光里

23号的粤东县令陈元凯之女陈意映为妻。育二子。

陈宝璜　陈宝琛之弟，娶故居在文儒坊34号的开封知府蔡庚良之女为妻。

严叔夏　严复第三子，1918年陈宝琛亲自保媒将家住杨桥巷的外甥女林慕兰许配他，育二子二女。

辜振甫　陈宝琛外甥女婿，辜鸿铭之孙，台湾"海基会"董事长，1949年迎娶严复二孙女严倬云为妻。

林炳章　林则徐第三子林聪彝的嫡孙，光绪二十一年（1895年）与陈宝琛次女陈宛贞结婚。

林崇墉　林炳章五子，娶陈宝琛第六女陈敏修为妻。

林　翔　林聪彝孙，娶沈葆桢侄孙女沈元应为妻。

林尔康　台湾首富，定居杨桥巷，娶陈承裘之女、陈宝琛之妹陈芷芳为妻。

林熊祥　陈承裘如夫人张氏的外孙，林尔康之子，娶陈宝琛第四女陈瑜贞为妻。

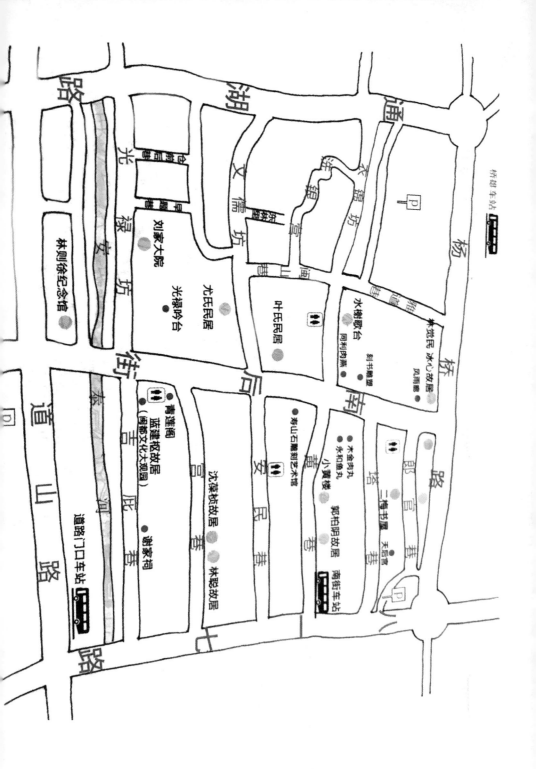